coleção
rosa manga

LADO B

Cesar Augusto de Carvalho

LADO B

CONTOS

1ª edição, 2023, São Paulo

LARANJA ● ORIGINAL

Lado B   7
Estou seguro!   13
Tema da redação: O golpe.   25
Um homem de bem   29
O extermínio   39
O portador   69
Cumprindo o dever   79
Castigo   87
Um século depois   91

conto,
apenas conto

LADO B

Depois de passar dias agradáveis em companhia de meu neto, filha e genro, em Londrina, no Paraná, voltei de avião a São Paulo. Até aí nenhuma novidade, exceto a de Narciso mirar-se no espelho, não fosse a experiência vivida no final da viagem. Imagine-se entrando num portal, num mundo paralelo, e se descobrindo na realidade do mundo!

Aquela era uma das primeiras viagens que fazíamos depois de dois anos trancados em casa, amedrontados com a Covid 19. Ninguém disfarçava sua alegria em estar ali, dentro de um avião, fora das grades domésticas, podendo rever parentes, amigos, trabalhar ou só turistar. Liberdade deixa de ser palavra, corporifica-se, torna-se sensação. Ela penetra em nossos poros, em nossas almas. É o que se pode chamar de palavra viva.

Durante a viagem, duas coisas chamaram-me a atenção. A primeira, quando a comissária de bordo acordou o passageiro sentado, ao meu lado, para que ele colocasse a máscara. Fiquei feliz pelas medidas preventivas estarem sendo colocadas em prática e por ela, a enfermeira, ter interrompido o ronco do passageiro que atrapalhava minha concentração na leitura.

A segunda foi a de sairmos do avião em fila de três. Com certeza, pensei, alguém protestará por causa da demora. Ninguém desobedeceu ou manifestou qualquer reação. Saímos alegres, estávamos livres, viajando. E que bom cumprir os procedimentos. Com isso, quem sabe, evita-se a propagação do vírus. Afinal, a Esperança não foi a última a sair da caixa de Pandora?!

Na saída, apesar de o número de pessoas ser bastante alto, todas estavam com máscaras em obediência aos preceitos básicos de prevenção, bem como mantinham distância razoável entre uma e outra.

No quiosque, comprei meu pacotinho de nozes carameladas – nunca saio ou entro no aeroporto sem um deles – e perguntei à vendedora onde pedir carro pelo aplicativo:

– É só sair por aquela porta ali. É na segunda calçada.

Agradeci. Dei alguns passos. A porta automática se abriu. Não acreditei no que vi. Aquelas mesmas pessoas, que até então obedeciam aos protocolos de segurança, estavam agora aglomeradas nas duas calçadas, muitas sem máscaras!

Atravessei espantado a faixa de pedestre. Enquanto a atravessava, senti meus pelos tornarem-se rijos, mais grossos, e minha pele parecia ganhar nova camada, enrijecida, dura.

Sentado no banco destinado a fumantes, a primeira coisa que fiz foi arregaçar a manga do casaco. Passei os dedos sobre os pelos. Pareceram-me normais. Ergui a barra da calça. Alteração alguma nas pernas. Os pelos continuavam finos e ralos, e a pele fina e mole, como o usual. Para evitar qualquer dúvida, belisquei-me. Carne flácida, como sempre. Que alívio!

Ao cruzar o portal, saí de um universo paralelo – o aeroporto – para o mundo real. Senti-me um estranho. Um animal. Tal qual o personagem que se vê Minotauro no espelho. Muitas perguntas me surgiram, dentre elas a que mais me angustia: até que ponto a gente controla nossos instintos?

Acendi um cigarro, abri o aplicativo do celular e pedi um carro.

ESTOU SEGURO!

João era um cara pacato, em paz com a vida. Apaixonado pela mulher, satisfazia-lhe todos os desejos. Quando ela foi aprovada no vestibular, o que implicava terem que mudar de cidade, preocupou-se. Mas, não esmoreceu. Empenhou-se em procurar qualquer serviço que lhe permitisse pagar as despesas com a mudança, que não era pequena, e os custos de viver numa cidade grande, mais cara do que aquela na qual vivia, a mais de 600 quilômetros da capital. João abominava a ideia de passar necessidades, fossem quais fossem, mas, ao se tornar propagandista de laboratório, tranquilizou-se. Seria bem remunerado, e trabalharia ao ar livre, visitando médicos e farmácias, e não prisioneiro num escritório mal-ajambrado.

 No trabalho via os companheiros de equipe duas vezes por semana, às segundas-feiras, na parte da manhã, e às sextas, à tarde. Seu jeito acaipirado criou a jocosidade dos colegas que o chamavam, não pelo nome, mas por "ô do interior". João amarelava um sorriso, sem fala, e desconsiderava. Mais do que a timidez, tinha era medo de dar asas à caipora, desenvolvendo amizades num ninho de cobras, como já o percebera nas primeiras semanas de trabalho. Sua única intenção era manter o emprego, seu salário e a boa vida que estava levando. Nada mais. Então, a distância era saudável e, mantendo a gentileza, ouvia e ria das piadas contadas. Acabava por divertir-se.

Chato era madrugar, estar no escritório às sete da manhã e ouvir as instruções do chefe que se limitava a ler o folheto publicitário do medicamento, que todos tinham, e depois distribuir o pessoal por bairros. Alguns reclamavam da perda de tempo, em vez de ouvirem a leitura do texto, que todos tinham, poderiam estar na rua, vendendo. Foram ignorados.

João dava pouca importância às gozações dos colegas, assim como economizava palavras nas conversas. Poupava-as até mesmo com a mulher, que lhe cobrava falar o tempo todo. Era-lhe uma atitude natural. Ao trabalhar com o pai, marceneiro metódico e perfeccionista, além de aprender o ofício, aprendeu a obedecer à principal regra da oficina: falar só o necessário e trabalhar em silêncio. Ruídos, só os das máquinas.

Quando ouvia as reclamações dos colegas, João ria, eles nada sabiam de chatice. A do chefe, eles suportavam duas vezes por semana, em reuniões de uma hora, na oficina eram oito horas por dia, todo dia, de segunda a sábado.

João andava solto pelas ruas, paramentado como propagandista de laboratório: terno, gravata e camisa social. Ora visitava os consultórios médicos, ora as farmácias adjacentes, numa atividade nada rotineira e do seu agrado.

Para sua felicidade, as reuniões eram poucas e, assim, não precisava conviver com os colegas de trabalho. Achava-os um pouco sem graça, ainda que um ou outro contasse piadas e João ria a valer. Educado e gentil, respondia quando perguntavam, mas evitava perguntar. Quando tinha dúvidas, ia direto ao chefe, tudo para manter-se distante dos engravatados e suas pastas de medicamentos grátis.

Melhor era percorrer os bairros e ouvir as histórias contadas por clientes ou eventuais transeuntes com que cruzava pelo caminho. E o salário era bom. Permitia-lhe manter a vida equilibrada. Pagava os estudos da mulher, sem que ela precisasse trabalhar, e fazia o que mais gostava, frequentar bares e restaurantes, ir aos cinemas com frequência e, se economizasse, teria condições de comprar um carro, ainda que popular.

Marisa, sua mulher, sonhava apenas em tornar-se médica, de preferência de crianças. Sua família a apoiava e lhe sugeria tornar-se servidora de hospital público, pagava bem e não mandavam embora. Ela fechava os olhos e se via trajando jaleco branco e cuidando de crianças doentes, indiferente se seria ou não funcionária pública. Queria era ser médica e, nisso, o marido lhe dava total força. Aprovada no vestibular, João foi para a metrópole e arrumou emprego.

A princípio a coisa não foi fácil. Acostumados à vida pachorrenta do interior, João e Marisa impressionaram-se com a cidade. Nunca tinham visto tanta gente, carros, ônibus e caminhões. Essas imagens, só conheciam do cinema, jamais imaginaram vivenciá-las. A mulher, mais amedrontada, sempre alertava do perigo que os batedores de carteira ofereciam. Eles são muito rápidos, João, enfiam a mão no seu bolso, roubam-lhe e você nem percebe, alertava. Ele achava graça da preocupação da mulher até porque ela já sabia que ele só carregava a carteira na cueca. No bolso, só o suficiente para as passagens de ônibus.

Mais acostumados com a geografia, e menos amedrontados, especialmente Marisa, resolveram conhecer melhor a cidade. Numa das vezes, deambulando por uma das ruas do centro, viram mulheres de várias idades com trajes bastante provocantes, algumas com os seios quase à mostra. Marisa comentou, escandalizada:

– João, essas mulheres vestidas com essas roupas ridículas são o que estou pensando? Putas?!

Ele mal ouviu a mulher, embevecido que estava pela paisagem inusitada de corpos femininos. Cobrado por uma resposta, grunhiu um hum, hum e continuou andando como se nada fora.

De outra vez, estiveram a poucas quadras de uma explosão de bomba. Era madrugada e eles estavam num bar quando ouviram o estrondo. Foi muito forte. Logo em seguida, ouviram as sirenes. Todos, na lanchonete, saíram para ver o ocorrido. Duas quadras abaixo, um carro destroçado e corpos estirados. A curiosidade aguçou Marisa que convenceu o marido a irem ver mais de perto e saber o que havia acontecido. João, apesar da ojeriza a sangue, concordou.

Não se aproximaram muito. A multidão formada à frente da faixa policial impedia qualquer visão detalhada. Marisa, mais baixinha, dava pulos inúteis para ver alguma coisa. João perguntou ao senhor do lado o que tinha acontecido:

– Atentado terrorista, foi o que me falou o policial.

– Atentado! – exclamou João – Contra o quê?!

– Você não lê jornal não, rapaz? São esses subversivos contra o regime militar. Eles que explodiram.

– Desculpe, senhor – interrompeu um rapaz acompanhado de uma garota – mas não foi atentado não. Foi a polícia que explodiu o carro. Eu vi.

O senhor começou a discutir. João e Marisa aproveitaram a deixa e saíram. Tiveram que andar várias quadras até acharem um ponto de táxi 24 horas para voltar para casa, na Zona Leste.

No início da primavera de 197x, fariam três anos de casados. Marisa, estava inconformada por não fazer a festa comemorativa, tradição de família. Andava triste e mal-humorada. Apesar de incomodar-se pouco com o assunto – a família dele, ao contrário, ignorava tais festas – João não gostava de vê-la triste. Ao conversar sobre o assunto, lembrou que poderiam convidar o casal que haviam conhecido. Tinham pouco contato, nenhuma intimidade, mas poderiam ser considerados amigos.

Marisa não se conteve ao ouvir a proposta do marido. Correu em sua direção, pulou em seu colo e, entre um beijo e outro, agradecia ter conhecido o casal Zé e Márcia em tão pouco tempo na cidade. Eles moravam perto, gente fina, e certamente aceitariam o convite. Antes que Marisa continuasse a desabotoar os botões de sua camisa, João pegou firme suas mãos, afastou-as, deu um sorriso. Assustou-se com as maneiras do marido. Não estava acostumada com gestos nem violentos, nem abruptos do companheiro que considerava afável, amoroso e pacífico. Mas, respirou aliviada ao ouvir-lhe as palavras:

– Meu presente para você é o telefone.

Marisa deu um salto e riu à beça, soltando-se das mãos de João. Telefone, seu sonho de consumo, prestes a se realizar! João, porém, advertiu-a:

– Só será instalado daqui trinta dias. E olhe a coincidência: é o dia de nosso aniversário de casamento. Assim, sempre que quiser, vai poder falar com seus pais. Matar a saudade. Claro, tem o preço da ligação – deu uma risadinha cínica e continuou

– Temos mesmo que festejar.

Marisa, mais do que depressa, providenciou o cardápio assim que o casal aceitou o convite. Pensou em fazer galinha ao molho pardo, especialidade da avó. Mas, onde arrumar os ingredientes? Não era uma receita fácil. Mesmo desconsiderando a loucura da avó, que degolava a galinha, pendurava-a no varal e, com uma faca afiada, cortava o pescoço para tirar sangue. Se arrumasse os ingredientes, o resultado seria um prato saboroso e, ao mesmo tempo, uma homenagem à velhinha, que ainda era viva e morava no interior. Quando João ouviu a proposta, contra-argumentou, preferia uma comida mais leve, mais adequada ao clima quente que se aproximava. Sugeriu que fizesse as receitas que herdara da tia libanesa. Ele, João, completaria o cardápio com vinhos.

Zé e Márcia, o casal amigo, chegaram na hora combinada. Minutos depois de servir-lhes um drinque, Marisa pediu licença e foi verificar as panelas na cozinha. João sentiu-se incomodado sem a presença da mulher. Conversar sobre o quê com um casal que ele só viu uma vez? Marisa os conhecia melhor, via com certa frequência a amiga, que era enfermeira num hospital próximo. Ele sabia apenas que Zé era estudante universitário e, casado com Márcia, morava há pouco tempo na cidade. Sabia mais nada, então, conversar sobre o quê? Estava nesse turbilhão mental em busca de assunto quando a tv - nada melhor do que uma - deu-lhe a solução.

Ao soar da vinheta de notícia extra, os três voltaram-se para a tela. Emudecidos, ouviram atentos sobre a tentativa de roubo de uma agência bancária seguida de explosão. Os policiais entrevistados declaravam convictos de que a explosão fora provocada por jovens contrários ao regime militar. João não conteve a voz indignada:

– Porra! Que esses caras tão querendo?! E para quê? Só por que são contra o governo?!

– Desculpe, João, estamos num período muito difícil, o chumbo dos militares está correndo solto, alguém tem que fazer alguma coisa, contestou Zé, com certa irritação na voz.

– Nosso país está em pleno desenvolvimento, vivemos um milagre, replicou João.

Zé ouviu em silêncio, depois olhou para a mulher, voltou os olhos para João e, no limite da paciência, falou duro, indiferente à mulher que apalpava seu joelho, pedindo-lhe moderação:

– Desculpe, João, não posso concordar. Não existe milagre, muito menos desenvolvimento. Os jornais não podem noticiar o que de fato acontece. Vivem sob censura, aí publicam receitas culinárias como forma de protesto. Você não viu isso no jornal, não?!

– Não, confesso que não, quase não leio jornal, respondeu João, que sem se dar por vencido, insistiu:

– Pelo menos as ruas estão tranquilas, temos segurança...

Foi interrompido pela voz de sua mulher, Marisa, gritando por sua presença na cozinha. Pediu licença e saiu sem ouvir o buchicho de Márcia no ouvido do marido:

– Zé, que simplório! Não vale a pena discutir com um cara desses. Que desinformado!

Na cozinha Marisa estava no fogão às voltas com uma panela. João chega por trás e lhe dá um beijo no cangote:

– Não faz isso – encolheu os ombros, tampou a panela e voltou-se para João, abraçando-o – Temos visitaaa!

Esfregando o nariz no da mulher, imitou uma voz pomposa, grave e séria.

– Estou à disposição, Majestade. Qual o motivo de tão urgente chamada?

– Seu tonto. Esquecemos de comprar pão!

– E esse monte aí no balcão?

– João, servir pão francês com comida síria?

– E qual o problema?!

– Ah, João, pelo amor de Deus! Cara sem noção. Vá até à padaria e compre. Aí embaixo tem. São aqueles redondos, sabe. Tem que ser esse.

João consentiu. Pegou algumas cédulas numa cestinha sobre o balcão, beijou a mulher e pediu para avisar os convidados que voltaria em menos de cinco minutos.

– Pegou seu documento? questionou a mulher.

– Anjinho, a padaria é aqui embaixo! Só preciso levar o dinheiro. Tchau!

Marisa terminou o que estava fazendo e foi para a sala. O

jantar estava pronto, avisou, precisavam apenas esperar o João para servi-lo. Conversaram por um bom tempo. Animada com a visita da amiga, que era enfermeira, Marisa começou a falar de seu curso de Medicina e a conversa se prolongaria se não olhasse o relógio:

– Meu Deus! Faz vinte minutos que o João saiu e não voltou até agora!

Márcia tentou tranquilizá-la:

– E se ele foi a outra padaria?!

– Não, Márcia, ele não precisaria ir até outra padaria. Aí embaixo tem o pão que eu pedi. Tenho certeza. Quando cheguei, começo da noite, passei por lá e vi o pão, não comprei porque esqueci. Eles fazem várias fornadas por dia.

Marisa olhava intermitente o relógio na parede. Os dedos, trêmulos. Pegou um copo de vinho. Zé percebeu a angústia da amiga e sugeriu que descessem até a padaria.

Na padaria, Marisa foi direto conversar com o seu Joaquim, o proprietário que os conhecia e que sim, ele havia visto João, mas não dentro da padaria.

– Ele não entrou?

– Não – respondeu –. Ele estava na calçada, em conversa com alguns policiais. Depois não vi mais nada. Fui atender um cliente.

Amparada por Zé e Márcia, Marisa chegou à calçada em prantos, desorientada, sem qualquer noção do que fazer. Zé sugeriu que fossem à delegacia mais próxima, onde teriam alguma informação ou, no pior das hipóteses, registrariam um boletim de ocorrência. A ideia de registrar o boletim desesperou Marisa ainda mais. Para ela, seria como a confirmação de que, de fato, seu marido havia desaparecido. Não resistiu e desmaiou. Preocupados em deixá-la sozinha, Zé e Márcia acabaram levando-a para casa.

Nos primeiros dias Marisa era acompanhada por Márcia em seu calvário por delegacias e hospitais. Depois, continuou sozinha. Três meses depois, abandonou os estudos e voltou para o interior, junto à família.

TEMA DA REDAÇÃO: O GOLPE.

Leu o título. Inquieto, mordiscou a tampa da caneta e releu. Meneou a cabeça e afastou a folha branca.

Com o olhar atento, a professora andava pela sala a vigiar os alunos. Estes seguiam à risca o silêncio exigido ao se realizar a prova. Qualquer zumbido se destacaria naquele ambiente sonoro. Ouvia-se apenas o salto alto da professora e, uma vez por outra, o ranger das carcomidas carteiras quando os corpos se acomodavam.

Com o corpo tenso, voltou a ler o título. Remordeu a caneta. Virou a cabeça para a esquerda. Depois para a direita. Os colegas estavam concentrados demais para prestar-lhe qualquer ajuda. A professora, no fundo da sala, não se lhe apercebeu os movimentos.

Ergueu a folha da prova de sobre a carteira, franziu a testa como se tivesse tido uma boa ideia e virou a cabeça para perscrutar a professora que, de costas, atendia ao aluno sentado na última carteira. Oportunidade única para cutucar o ombro do colega à frente. Foi tratado com silenciosa indiferença. Sinalizou para o colega da direita que lhe deu uma recepção pior, regurgitou um "fica quieto" tão alto que chamou a atenção da professora.

Surpreso, reacomodou-se, recolocou a folha sobre a carteira. A tampa da caneta voltou a ser mordida e o título relido. Afastou a folha branca. A professora aproximou-se em salto alto mais rápido que o usual, parou ao seu lado, mas nada falou. Limitou-se a olhar para ele e aos colegas em volta. Depois, continuou seu andar vagaroso de vigia do saber.

Mais tranquilo com o afastamento da professora, releu o título e voltou a morder a tampa da caneta, afastando a folha, um tanto quanto irritado. Os olhos esgueiravam nos colegas pouco solidários. A tampa da caneta ganhou mais uma mordida. Teve um momento de hesitação, aí decidiu-se. Ergueu a cabeça, levantou o braço e pediu para sair, aliviar a bexiga.

No banheiro, releu as colas e voltou para a sala de aula.

UM HOMEM DE BEM

Escrevo trancado num quarto pouco iluminado, quase uma cela. Tem uma mesinha, uma cadeira velha e uma cama, tão ruim que só não durmo no chão por causa dos ratos. O lençol, velho, rasgado, cheio de manchas, tem cheiro de leite azedo que, misturado ao bolor do colchão de palha, penetra minhas narinas. O mau cheiro é tão forte que sinto até daqui, sentado à mesinha. Não vejo a luz do sol há dias. Devo estar condenado. Até agora, ao menos, não me torturaram.

Quem são meus algozes? Nem sei por que me prenderam. Deve ser um desses grupos, desses subversivos, querendo minar as bases do Estado que ajudei a construir. O estranho é que a maioria desses grupos foi dizimada. Depois do Golpe, prendemos todos da oposição, até os simpatizantes. Não há notícias de rebeldes pelo país. Gozamos a doçura da paz.

Como me acharam se nem meus aliados me conhecem?

Vida particular? Quem precisa saber? Muitas vezes, na maioria delas, mantive meu nome em segredo. De vez em quando, um ou outro me chamava de Sombra. Eu gostava. Achava que me cabia bem. Afinal, não abria nem a boca, quanto mais a caixa de conversa. Sigilo era o segredo de meu negócio. A certeza de continuar vivo era o anonimato. Negociações, acordos, conversas, só cara a cara, marcadas pessoalmente, sem telefonemas, sem redes sociais. Uma sombra disposta a ajudar políticos a conquistar o poder, mantê-lo e destruir tudo que a ele se opõe. Assim foi no último golpe que arquitetei. Chegamos à presidência, transformamos o país num lugar seguro, digno de se viver, e esmagamos as forças rebeldes.

Arrependimento? Taí algo que não tenho. Quando entrei nessa vida, sabia o que queria. Era adolescente. No ginásio, o professor de matemática me perseguiu. Deu-me zero por copiar o número errado na prova – era míope e não sabia, confundi seis com oito. A lógica da operação estava certa, o resultado, não. Argumentei. Repetiria o ano por causa daquele erro. Nem ouviu. Não tinha consideração. O desejo de vingança apareceu enquanto o sangue me subia pelo corpo e as ideias invadiam minha cabeça. Não. Não vou só prejudicá-lo, vou destruí-lo. E a ideia ganhou forma.

Dia seguinte, comecei a segui-lo, a acompanhar-lhe cada passo. Paciência é tudo. Minha oportunidade surgiu numa noite, quando entrou num bar, algo que não fazia parte de seus hábitos. Conhecia-lhe a rotina. Sentou numa mesa no fundo do salão, perto do banheiro. Estranho. O que estaria fazendo ali se não bebe? O bar estava quase vazio. Fiquei do lado de fora à espreita. Cinco minutos depois, chegaram dois rapazes. Atento, acompanhei-lhes os movimentos. Sentaram-se à mesa do professor. O mais velho aproximou-se de seu ouvido. Parecia sussurrar. Volta e meia olhava pros lados, preocupado. O professor não era surdo! Ali tinha coisa.

Entrei, pedi um café. Perguntei se poderia usar o banheiro. O rapaz deu-me a chave e apontou para o corredor. Perfeito. O professor estava sentado de costas para a entrada do banheiro, de modo que não me veria e eu, encostado na parede, conseguiria ouvi-los com clareza. Quanto aos outros dois, pouco me importava. Não me conheciam.

Entrei no corredor, parei, ouvido colado à parede. Um dos rapazes passou data e local de uma reunião de um jeito estranho, olhando para os lados e falando em voz baixa. Pimba. Era tudo de que precisava. Exultei. Eram subversivos! Sem perda de tempo, entrei no banheiro e anotei tudo num pedaço de papel.

Do orelhão, liguei para a polícia e dei o serviço. Na semana seguinte, sem maiores explicações, o professor foi substituído. Ninguém sabia de nada.

Diante de meu primeiro sucesso, fiquei entusiasmado. Resolvi oferecer os meus préstimos à polícia. Com meus 16 anos, boa aparência, jovem de classe média e bom conversador não seria difícil infiltrar-me nos grupos que pregavam a luta armada, estes sim, perigosos.

Procurei um delegado, conhecido de meus pais, e chefe na caça aos comunistas. Deu-me todas as instruções. Aconselhou-me a ler os livros lidos por eles e me fingir simpatizante. Facilitaria minha entrada no mundo deles. Entre as muitas dicas, guardei a sugestão do anonimato que foi seguida à risca.

Sempre escapei como uma enguia diante de situações difíceis. Nunca conseguiram me identificar, mesmo naqueles casos, e foram muitos, em que houve acusações e a merda toda foi parar na grande imprensa. Nenhuma das pistas levava à minha pessoa. Como se prende uma sombra?

A princípio, não me interessavam a ideologia ou a posição política de meu cliente. Com a redemocratização, passei a odiar a democracia e mais ainda os comunistas. Meu trabalho foi dificultado e demorei um bom tempo para me adaptar a esse sistema infernal que levou nosso país à bancarrota. Na época dos militares tudo era mais fácil. Cheguei a infiltrar-me em muitas células comunistas, em algumas delas fui até chefe. E como mandei gente para a cadeia!

Quando eram torturados e me denunciavam, não tinham muito a oferecer. Descreviam-me, davam detalhes da minha aparência, do meu jeito de falar, de dar ordens, mas não sabiam meu nome, nem nada. Quando meu retrato falado chegava às mãos dos investigadores, o delegado, esse meu amigo, mandava me deixar em paz. Afinal, eu prestava um enorme serviço à causa revolucionária.

Com o fim do poder militar, minha vida e minha carteira de clientes mudaram, para pior. Consegui me manter, e depois crescer, com a ajuda desse delegado que exaltava minhas qualidades de estrategista e atraía políticos insatisfeitos. Estes se deixavam fascinar pelas minhas peripécias e eu, sabe-tudo, me orgulhava.

Nos primeiros anos da redemocratização, as forças políticas

não estavam nada favoráveis, exigindo cautela constante. Assessorei, da melhor forma possível, todos os que me procuraram. Aliás, esse pessoal, mesmo tendo valores iguais aos meus – defensor da família, das tradições e dos bons costumes – é muito inábil. Tem a faca e o queijo na mão, só não sabe cortar, tem que ser ensinado. E sou um excelente professor.

Foram anos de trabalho. Processo longo. Primeiro, os liberais no poder. Depois, os comunistas. Com paciência e perseverança, ensinei a meus alunos, políticos obcecados, diferentes técnicas e estratégias para desestabilizar adversários.

Um desses políticos chamou-me a atenção. Conheci-o numa reunião de militares e logo percebi seu potencial. Ofereci-me para assessorá-lo. Ele topou. Era medíocre, chulo mesmo, com linguajar pouco usual no mundo da política. De sua boca os palavrões jorravam ao mesmo tempo em que tocava em pontos importantes da vida da nação. Só que parecia um paspalho. Falava as coisas certas, na hora errada.

Um dia chamei-o e, a portas fechadas, dei-lhe algumas lições. Primeira, esconder seu objetivo, derrubar a democracia. Era o candidato perfeito naquele momento eleitoral. A maioria da população queria moralizar o país, acabar com a corrupção – sistema que ajudei a consolidar, depois denunciei – e seu discurso encaixava-se perfeitamente. Se fizesse as coisas direitinho, como o ensinava, ele teria chance de se eleger. Uma vez eleito, com o apoio dos militares e de parte da sociedade, fecharia o Congresso e seria dono absoluto do poder.

Depois de bem aprendido o bê-á-bá, lançou sua candidatura. Tinha grandes chances de vencer, mas algumas declarações infelizes fizeram-no perder eleitores. Comunistas e liberais aproveitaram-se e pioraram a situação com mentiras absurdas sobre o candidato. Esse quadro tinha que mudar.

Aí, armei uma jogada, nada nova, verdade, mas altamente funcional, com cem por cento de chances de dar certo. Bastava um falso atentado à sua vida. Mexeria com a emoção do povo, sempre sensível a tragédias, e o cenário mudaria. Não deu outra.

Contratei um assassino profissional e mantive-o no anonimato. Trabalhoso foi armar o circo. Eram muitos elementos a produzir. Os policiais para acompanhar o candidato não seria problema. Conhecia muitos deles que topariam sem fazer perguntas. Um pouco mais complicado seria conseguir médicos, enfermeiros e hospital. Mesmo esses, por uma boa quantia, topariam. Quanto à imprensa, esta não seria problema. Nossos jornalistas cairiam na rede feito peixinhos famintos, estavam predispostos a isso, era só prestar atenção na descarada campanha contra o pessoal de esquerda, devo admitir.

O atentado provocou uma comoção nacional e a vitória veio no primeiro turno.

Um dia depois da posse, reuni-me com o novo presidente. Ele estava eufórico e, ao mesmo tempo, um pouco amedrontado. Continuava abestalhado, sem ter noção das condições favoráveis para fechar o Congresso, prender os políticos da oposição e um ou outro magistrado que incomodasse. Diante de seus argumentos frágeis e medrosos, mostrei-lhe que aquela era a hora. Estávamos com tudo. De um lado, o povão alegre, feliz, com seu novo presidente, do outro, os principais generais das forças armadas. O que teríamos a temer?

Ele se convenceu e o resultado foi uma maravilha. Não se precisou dar um tiro. Políticos, em sua maioria, presos, o Congresso fechado e aí começou a festa. Os adversários se amedrontaram. Os mais radicais, prendemos. Reformamos a educação, proibimos visões distorcidas da realidade e adotamos medidas militares de disciplina. Centros culturais, focos de gente de esquerda, fechados. Queimamos milhões de livros e instituímos uma visão honesta e não ideológica de nossa história – para isso alguns museus tiveram que ser queimados.

Quando o presidente me perguntava o que fazer com os presos, respondia-lhe que as prisões estavam superlotadas, sem espaço. Além do mais, criariam problemas. Os presos comuns se contaminariam.

Um ano depois, o país estava tranquilo. A economia encontrava certas dificuldades. O capital estrangeiro se distanciara um pouco, mas, em breve, voltaria. Afinal, com as medidas que adotamos, em que lugar do mundo as grandes empresas pagariam salários tão baixos? Nem na China.

Depois de anos, estava cansado de ser um anônimo, um desconhecido, um Zé Ninguém. Comecei a sonhar. A ver minha imagem na mídia. Dar entrevistas. Para começar, um cargo que me desse status. Com os contatos que tenho, não seria difícil, pensei, mas, pensei errado. Amigos e aliados fecharam as portas. Antes, recebido com efusividade pelo presidente, agora não conseguia passar da recepção do Planalto. A vida complicou. A conta bancária minguou. O dinheiro no exterior sumiu e o gerente do banco, na maior cara de pau, justificou-se: "deve ser problema do sistema".

Como recursos não me faltavam, achei que conseguiria fácil meu intento. Mas, não, ganhei só inimigos e... ei, espere um pouco! Essa é uma possibilidade. Alguém com medo de ser chantageado por mim me sequestrou, é isso!

Pela minha cabeça jamais passou chantagear alguém, mas poderia fazê-lo. Provas e mais provas, documentos e mais documentos, em quantidade suficiente para prejudicar muitas pessoas. Cautela é algo a ser praticado, e, como medida de segurança, construí um arquivo enorme, riquíssimo. Tenho fitas e fitas gravadas com conversas e negociatas, relatórios com nomes de cúmplices, parceiros, sócios, grana envolvida, quem pagou, quem recebeu, tudo registrado. Se descobrir quem me encarcerou aqui, e não me matarem antes, acabo com a carreira dele, seja político, militar, ministro. Poderia até mandar bala, mas não tenho coragem. Não mato nem barata! Nunca fiz mal a ninguém.

O EXTERMÍNIO

A MÃE

Sem se preocupar com a brisa de um outono frio, dona Pandora abriu a porta de sua mansão na Asa Sul de Brasília e foi até o carro, estacionado em frente. O generoso decote do vestido não pareceu incomodar ao jovem loiro, de terno preto e um elegante quepe nas mãos, enquanto abria a porta e ouvia as lamúrias sobre a chuva que se avizinhava. Ao terminar, fazendo gestos com as mãos para que ele andasse logo, pronunciou num inglês enrolado, *let's go. Hurry up!*

Sentou-se no banco traseiro, colocou o cinto de segurança e começou a resmungar ordens. Que acelerasse ao máximo e, se preciso, cruzasse os sinais vermelhos, pois não podia atrasar-se com sua terapeuta. Se fossem multados, não tinha problema, ela resolveria com o amigo do filho, que trabalha no departamento de trânsito. Jerônimo colocou o quepe na cabeça, sorriu e tranquilizou-a enquanto fechava a porta: o consultório ficava a poucas quadras e com a quarentena quase não havia carros na rua. Pandora terminou de prender o cinto de segurança, ajeitou-se e começou a mascar palavras inaudíveis, somente interrompidas ao chegar ao consultório.

Saiu do carro, ajeitando o vestido de algodão branco e entrou no prédio. Enquanto estacionava, Jerônimo balançava a cabeça e ria, lembrando-se da roupa da velhota, inapropriada para o frio que estava fazendo e com um decote que lhe desnudava a flacidez e a adiposidade. Algumas excentricidades ele já considerava normal, refunfar em sua orelha, dar ordens em inglês. Mas o figurino?! Santo Deus! As alças do vestido cruzavam-se desde o decote até a cintura, formando um X sobre as costas desnudas. Jerônimo estacionou o carro, inclinou o banco do motorista para trás, tirou o quepe, esticou as pernas e murmurou: Ah! Se ela fosse jovem! E cochilou.

Mal a recepcionista anunciou seu nome, dona Pandora já abria a porta do consultório e entrava. Aproximou-se de Pérola, a terapeuta, esticando a mão e oferecendo-lhe o rosto para um beijo. A terapeuta deu um passo atrás e perguntou-lhe:

– Por que está sem máscara, dona Pandora?

O rosto da velhota se contraiu. Tirou a contragosto a máscara da bolsa e começou a colocá-la, enquanto se deitava no divã e abria sua torneira verbal:

– Vou acabar me matando. Eles não podem fazer isso comigo e muito menos com meu filho, que é incapaz de uma coisa dessas. Edu foi bem educado e é gentil, um anjo! Não é culpado disso, não mesmo. Onde se viu uma coisa dessa?

Remexeu-se no divã e continuou:

– E essa agora, ficar calada! Não posso comentar nada do que aconteceu, senão eles acabam comigo! Eduzinho é inocente, tenho certeza. Estou enlouquecendo. Não vou aguentar, quero meu filho de volta. – Começou a chorar, ergueu o peito e desesperou o olhar para a terapeuta:

– Nem que seja morto, mas quero ele de volta. Contei-lhe na última vez que estive aqui, falei-lhe do diplomata, que esteve em casa, dizendo que o Eduardo tinha morrido naquela terra estranha, – seu choro aumentou – Neverland! Uma terra que eu nem sabia da existência. Meu filhinho tinha negócios lá há mais de quinze anos, falaram-me. Ouro, joias, diamantes. Eu desconhecia. Deve ser mentira deles. Se fosse verdade, Eduzinho teria me falado. Ele me conta tudo e não é mentiroso. – Parou de chorar. – Depois, o mesmo diplomata confessou que o Eduardo estava vivo, o morto era o dono de um hotel nesse lugar que nem deve existir no mapa. Fiquei tão feliz com essa notícia que até vim aqui só para lhe contar minha felicidade, lembra? Mas que merda, Pérola, você não fala nada?

Fechou a boca, girou a cabeça e viu a terapeuta sentada na poltrona, diante do divã, segurando um gravador e olhando-a fixamente. Ajeitou-se e continuou:

– Onde estávamos mesmo? Ah, sim. Eu estava falando... Pois é. Ele foi para a Europa em março. Queria participar de uma festa naquela cidade italiana, sabe, aquela que não podia parar por causa do vírus?

Pausou a voz, ergueu a cabeça, deu uma rápida olhada na

terapeuta e continuou:

– O prefeito depois teve que pedir desculpas. Morreu um monte de gente. Então, o Edu estava na festa. Mas isso foi antes da pandemia. Ele me ligou algumas vezes. Depois sumiu. É assim que ele é.

Por instantes, parou de falar, fechou os olhos e sorriu à lembrança do filho. Aí continuou:

Eduardo não gosta de telefone, então, não liga. Aí o diplomata falou que ele tinha ido da Europa para Neverland, que fica perto da Arábia, lá em Madagascar, negociar a compra de diamantes. E agora essa, dizem que ele está vivo e que matou o proprietário do hotel. Eu vou enlouquecer, Pérola. Onde ele está, ninguém sabe, sumiu, evaporou. Vem o diplomata e fala: seu filho morreu. Tempos depois, vem de novo, "não, seu filho está vivo". A TV o acusa de assassinar um pobretão, um dono de hotel, um hoteleco. E as fotos?! Que pobreza! Eduzinho nunca se hospedaria numa espelunca dessa e muito menos assassinaria o dono. Para que Pérola, se somos ricos?

Inquieta, ergueu a cabeça com os olhos fixos na terapeuta, esperando uma resposta que não veio, então, continuou:

– Edu não precisa matar ninguém. Isso não é verdade, então por que fizeram essa matéria sobre ele, ontem, na TV, bem no horário nobre? Diziam que era suspeito de assassinato, de contrabandear diamantes e de levar o vírus para lá, que é uma ilha da Oceania.

– Nem Oceania, nem Arábia. África Oriental. Neverland fica no continente africano.

Dona Pandora, meio surpresa com a interrupção inusual,

girou a cabeça. A terapeuta terminou de falar e ela começou a matutar o porquê daquela interrupção. O que tinha a ver a África com o Eduardo? Perdida em seus pensamentos, demorou para perceber a imobilidade muda da terapeuta, sentada à poltrona com o gravador à mão, olhando para ela. Deu-se conta do silêncio, chacoalhou a cabeça como se estivesse acordando e ajeitou-se novamente, reabrindo seu parlatório:

– Quando vi a notícia, liguei na hora para emissora. Sabe o que eles me disseram? Que não podiam dar nenhuma informação a respeito porque estavam proibidos de falar no caso. Expliquei quem era o Eduardo, a influência que ele tinha no governo, que era amigo do Presidente, e é verdade, o Presidente já foi em casa umas duas vezes, e que, além do mais, eu era a mãe dele e queria saber.

Remexeu o corpo nervoso. Ela olhou para a terapeuta na expectativa de obter-lhe alguma resposta, um gesto, um sinal positivo. Pérola, a terapeuta, não se mexeu. Pandora voltou a acomodar-se e continuou:

– Eles não falaram. E o pior foi hoje de manhã, Pérola, veio um fulano esquisito, com uma arma na cintura e um distintivo da PF. Ameaçou-me, dizendo que eu não podia comentar nada do Eduardo lá em Neverland porque o Presidente é cúmplice do Eduardo no contrabando de diamantes.

Apoiando-se no braço esquerdo, levantou parte do corpo e com olhos arregalados exclamou:

– Não é um absurdo, Pérola?! Eles não são desse tipo. Eduardo ficou rico com a joalheria, com seu trabalho duro. Sempre em ordem com suas contas, com os impostos pagos direitinho.

E o Presidente, então? Nossa, meu filhinho ficou superfeliz quando ele foi eleito porque sabia que a corrupção acabaria e junto com ela essa esquerdalhada. Bandidos. O Eduardo até doou um monte de dinheiro para a campanha. Sabia que ele até montou uma empresa só para produzir fake news e ajudar o Presidente? Eles são unha e carne. Mas unha e carne de gente honesta. De gente do bem!

A AMANTE

Ontem foi o dia mais feliz da minha vida. O Edu chegou. Ah! Que saudades! Há três meses ele não aparecia! Negócios no Brasil, um novelo emaranhado que nunca se desenrola. Não vejo a hora de ele resolver isso e nos casarmos, ficarmos juntinhos, bem juntinhos cuidando do Benu.

Disse que chegou ontem de manhã, com o Caron, mas tinha negócios a resolver. Atrasou-se e dormiu no barco. Fiquei brava. Ele poderia ter vindo direto. Do cais até aqui são só três horas de carro e a estrada não é tão ruim. Mas Eduardo não deu a menor importância à minha bronca.

Mentiu. Se não estivesse mentindo, ele me olharia direto nos olhos. Dessa vez não. Dessa vez suas pupilas navegavam vazias pelos cantos da cozinha, sem coragem de encarar-me. Mas eu estava com tanta saudade que esqueci minha braveza e comecei a beijá-lo loucamente. Nem liguei que pudéssemos ser vistos nos agarrando no escritório. Que se dane. Depois ele foi fazer sua reunião com o Jayme, o diretor da empresa, enquanto eu trabalharia o resto da tarde ansiosa para irmos para casa. Benu estava morrendo de saudades do pai. Eu, mais ainda.

A cada vez que olhava o relógio, aumentava minha aflição. Os ponteiros pareciam não se mover. Quarenta minutos depois, ele saiu com o Jayme. Eduardo estava muito interessado numa mina recém-aberta e cheia de diamantes enormes. Ser o único cliente era seu sonho e seu Jayme, certamente, conseguiria ajudá-lo a fechar o contrato. Mas o que isso me importa? Desejo que volte logo. Voltei a olhar o relógio. Faltavam três horas para o fim do expediente e a mina de diamantes era longe. Eles não retornariam antes das sete, oito horas da noite.

Dispensei a carona costumeira de minha amiga e voltei para casa a pé. Andar faria com que o tempo passasse mais rápido e eu não teria que esperar tanto a chegada de Eduardo. Caminhava a passos lentos, rezando para que os ponteiros do relógio se apressassem. A cada quadra percorrida, consultava as horas. O tempo havia parado. A espera desesperava-me.

Meia hora depois, cheguei em casa. Bruna, minha vizinha, encarregada de cuidar de Benu enquanto eu trabalhava, comentou, antes de sair:

– Estava preocupada, Maria. São quase sete horas e você não chegava.

O que poderia lhe dizer? Que estava apaixonada pelo pai de Benu e ansiosa, querendo que as horas passassem logo para ele chegar? Fiquei quieta. Dei-lhe boa noite e fui ver meu filhote, que está uma lindeza e pulou de alegria ao saber que o pai havia chegado. Com seis aninhos, ele tem uma inteligência que nunca vi igual. Coruja não sou não. Digo porque o comparo com as outras crianças. Ele é rápido para entender tudo. Esperto. Já com três aninhos, liderava os amiguinhos da vizinhança nas brincadeiras. E é lindo também. Seus cachinhos castanhos, seus olhinhos pretos e seu narizinho arrebitado dão gana de apertar aquelas bochechinhas rosadas.

Eduardo chegou mais de nove horas da noite. Benu, que costuma dormir cedo, lutava contra o sono à espera do pai. Eu não via a hora de colocá-lo na cama e ficar sozinha com meu amor. Mas Eduardo gosta tanto do filho que passou um tempão inventando histórias, deixando Benu excitado e eu torcendo para Morfeu chegar logo e levá-lo para a cama.

Benu dormiu e Eduardo foi tomar banho. Coloquei o menino na cama e fui para o banheiro. Nem esperei que ele terminasse o banho. Não preciso contar os detalhes.

Acordei de um sobressalto. Em meu pesadelo, o espectro de Benu esvanecia-se enquanto caminhava por uma trilha montanhosa. No topo, um cemitério abandonado com alguns jovens. Um deles, que parecia o mais velho e sem nenhum humor, aproximou-se. Antes que lhe perguntassem qualquer coisa, apontou para a estrada de terra – "o Oriente é ali" – disse e sumiu, assim como os dois outros garotos, o cemitério e a montanha.

Benu estava agora na cidade. As poucas pessoas, que andavam erraticamente pelas ruas, eram espectros ambulantes. Ele começou a tocá-los, eles a ganharem vida. A cada toque, Benu se revigorava até avermelhar-se e ser consumido pelo fogo. Acordei com o grito enroscado na garganta.

Eduardo dormia pesado. Beijei-lhe a testa e fui até a cozinha preparar o café da manhã. Como lhe conheço as preferências culinárias, queria lhe oferecer o melhor, só coisas que ele gostava, típicas daqui. Saka-saka, por exemplo, ele adora. Semelhante à maniçoba lá do Brasil, mas aqui, segundo ele, se faz com peixe, lá com carne de porco ou de boi, mas os temperos são iguais, alho, sal, louro, pimenta. Minha sorte é que eu tinha folhas fresquinhas de mandioca e peixe. Cocada cor de rosa é outra coisa que ele não abre mão. Gosta tanto dessa cocada que acabou viciando o Benu.

As galinhas ciscavam no quintal e os primeiros raios de sol iluminavam a cozinha quando Eduardo entrou pelado e com um cigarro na boca. Foi até o fogão, pegar os fósforos e, no caminho, deu-me um beijo de língua. Pega de surpresa, desequilibrei-me e abracei-o, para não cair. Sua língua dançava em minha boca e meu tesão cresceu. Ele me largou e foi pegar o fósforo. Eu fui lhe buscar uma calça.

Quando voltei, ele estava encostado à janela, jogando milho para as galinhas e fumando.

– Vista isso – eu disse, estendendo-lhe a calça – antes que o Benu acorde.

Ele me deu o cigarro e vestiu a calça rindo:

– E daí? Ele só vai constatar que tem o mesmo poder do pai – enfiou a mão no meio das pernas e puxou o saco para cima –, uma arma poderosa que não dá fraquejada e que a mulherada adora.

– Cafajeste!

Ele riu, apagou o cigarro no cinzeiro apoiado no peitoril da

janela e dirigiu-se à mesa, no centro da cozinha. Perguntei-lhe:
– Quer tomar café?
– Você fez saka-saka?
Como resposta, destampei a tigela. Ele lambeu os beiços e regozijou-se ao descobrir que tinha as cocadas rosadas. Enquanto o servia de saka-saka, caí na besteira de tocar num assunto delicado: nosso casamento!
– Eduardo, Benu está com seis anos. Ano que vem ele completa sete. Não está na hora de resolvermos esse assunto e ficarmos juntos para sempre? A gente se ama. Ele te adora. Depois que você viaja, ele fica dias chorando de saudade pelos cantos. Perde até a fome. Quando vamos decidir de vez essa situação e nos casarmos?
Ele me ouvia em silêncio, mastigando o saka-saka sem me olhar. Não gostei de sua reação. Quando terminei de falar, ele deu mais uma garfada na comida e começou a mastigar lentamente, o que me pareceu uma provocação. Pressionei-o para que me dissesse alguma coisa. Ele limitou-se a apontar a boca e me disse:
– Mamãe me dizia que é falta de educação falar com a boca cheia.
– Não tem problema. Esperei seis anos, posso esperar mais alguns minutos – e comecei a comer. Ele ia servir-se de nova porção quando o interrompi:
– Já engoliu? Não vai me responder?
– Maria, meu amor, já conversamos a respeito, e muito. Sempre a mesma história e toda vez a mesma resposta. Não dá para morarmos juntos enquanto não resolver meus negócios

no Brasil. O novo governo, que é muito bom, está fazendo o possível para melhorar o país depois da quebradeira que foram os governos esquerdistas. Um desastre! Estou fodido, Maria. Ainda demorarei um bom tempo para saldar todas as dívidas e conseguir me mudar para cá.

Estiquei meu braço e deslizei meus dedos suavemente sobre sua mão e supliquei-lhe:

– Podemos mudar para lá! Aqui, nada nos prende, Eduardo? Nada. No Brasil, arrumo emprego e trabalho, assim você não terá preocupações, pois posso colaborar nas despesas da casa. Você terá nenhum gasto, como nunca teve até hoje. Edu, morando juntos, seremos felizes. Pense no Benu, crescendo sem você do lado. sem referências masculinas. Você acha tranquilo um filho sem pai? Ou crescer com um pai distante? Não, Edu, um filho precisa da presença paterna. E ele o adora.

Eduardo mastigava a última porção de saka-saka e ouvia-me em silêncio. Quando terminei de falar, ele pegou uma cocada rosada e saiu mascando até a janela. Mais do que a indiferença de seu olhar, aquela reação me abateu. Fiquei triste, profundamente triste. Com a boca cheia, de costas para mim, contestou-me:

– Você exagera. Primeiro, não sou um pai distante. Venho para cá duas, três, até quatro vezes por ano para ver vocês. A maior parte do tempo passo com Benu. Vou, inclusive, levá-lo comigo na viagem que farei pelas minas. Ficaremos juntos alguns dias. E você me chama de pai distante?!

Meus olhos marejaram e eu segurei o choro. Ele continuou:

– E eu não posso casar com você. Ao menos não agora. Depois de resolver meus negócios e, quando possível, mudo para cá. Não vou continuar no Brasil. Quero ficar junto de você e do Benu, mas temos que ter paciência. Pode demorar um pouquinho, mas vai dar certo.

Sequei as lágrimas que começavam a escorrer, segurei o choro e lhe perguntei:

– Por que você não me olha nos olhos?!

Ele se levantou irritado, tomou o último gole de café e saiu para o quarto. Voltou com o paletó às costas e um cigarro na boca:

– Volto à tarde. Deixe o Benu pronto. Não se esqueça da sunga. Lá tem muita cachoeira. Pego-o no final da tarde. Tchau!

E saiu sem me beijar.

Depois de ouvir o som metálico do portão sendo fechado, desmanchei-me em choro. A raiva cresceu dentro de mim e, num gesto rápido, impensado, varri a superfície da mesa, jogando tudo para o chão. O barulho estrondoso de tigelas, pratos e xícaras quebrando acordou Benu, que apareceu na porta da cozinha. Tranquilizei-o:

– Não foi nada não, filho. A mamãe puxou a toalha da mesa e caiu tudo no chão. Mas agora está tudo bem.

Não. Não estava bem. Sentia o coração destroçado e a sensação de ter iniciado, com aquela conversa, um processo de distanciamento. Estava perdendo-o.

Passei o dia chorando. Difícil foi esconder do coitadinho do Benu, todo feliz porque viajaria com o pai e conheceria os seres da floresta de Neverland. Como é bom ser criança! A gente fica longe da dor. Não sofre. Depois cresce. Em alguns casos, amor, tesão e dor se misturam. É meu caso com Eduardo desde que o conheci.

Ele era cliente antigo da mina, ao menos três vezes ao ano passava por Neverland para pegar seus diamantes, mas eu não o conhecia.

Quando o conheci, atendia alguns clientes no balcão. Ele entrou e foi para a fila. Arrepiei-me toda e, ansiosa, apressei o atendimento dos que estavam à sua frente. Ele se encostou ao balcão. Minha pele sentiu seus olhos percorrerem meu corpo e os pelos ouriçaram-se. Antes mesmo que terminasse de falar, aceitei seu convite para jantar. Sorriu satisfeito e entrou sem bater na sala do diretor. Fomos parar no motel. Trepamos a noite inteira. De manhã, telefonei para seu Jayme, o diretor, e lastimei estar de cama, mas, assim que melhorasse, voltaria ao trabalho. Novamente, no dia seguinte liguei e disse que continuava de cama com febre alta. No terceiro dia, informei seu Jayme de minha internação no hospital onde deveria ficar alguns dias.

Voltamos dez dias depois. Eu, para o trabalho, ele, para o Brasil, após ter concluído seus negócios. Estes dois dias antes de ele ir embora, ou melhor, estas duas noites foram tão intensas quanto os dias anteriores. Durante mais de uma semana convivi com olheiras profundas, tão profundas que, para escondê-las, usava óculos de sol.

O mel continuou jorrando por quase dois anos. Depois, passou a alternar-se com fel. Eduardo mostrava-se intolerante, irascível e falava comigo aos berros. Só na cama continuava o mesmo. Garanhão. Quando Benu nasceu, Eduardo mudou um pouco. Ficou mais amoroso. Pensei até que o conquistaria e iríamos morar juntos. Mas não. A cada vez que se tocava no assunto, a alegação era a mesma. Que estava com muitas dívidas, e seus negócios prejudicados pelo governo esquerdista que, além de acabar com a economia, dificultava seu ramo de negócio, as importações. Ele, que se autointitulava executivo de fronteira, sentia-se perseguido.

Como ele era brasileiro, eu comecei a me interessar pelas notícias de seu país. Meu chefe, o seu Jayme, assinava vários jornais estrangeiros e eu procurava informações sobre o Brasil em cada um deles. Na época, só encontrei notícias sobre a prisão de doleiros e políticos corruptos.

Hoje, ele pegou o Benu para viajar. Ele, no lugar de entrar em casa, tocou a buzina. O Benu saiu correndo com a mochila às costas. Ele saiu do carro, abraçou o filho e acomodou-o no banco traseiro.

Fui despedir-me. Antes que eu chegasse, ele entrou no carro, ligou a ignição e me disse:

– Serei um pai presente – e acelerou.

Bamboleei. A rua, as calçadas, casas e árvores escureceram. Resisti ao desmaio, arregalei os olhos e vi o carro dobrar a esquina e Eduardo sair de minha vida. O sarcasmo de sua voz, a rigidez de suas feições e o olhar de troça soaram-me um adeus. Dos piores. Daqueles que lhe diz: você não é nada!

Passei a noite sem dormir. Minha cabeça começou a doer e minha respiração a encurtar. Durante o dia, por várias vezes, senti falta de ar. Agora, piorou. Dizem mesmo que certas doenças, especialmente as do pulmão, são piores quando cai a noite.

Mas eu não estou doente não. É o Edu que me abalou muito. Amanhã estarei melhor. Sem ele será duro, mas tenho que ser forte. Preciso deitar para ver se essa dor de cabeça passa. Está muito forte. Se não melhorar, irei ao médico.

O AMIGO ERMITÃO

– Não me conformo, Baiana. Como pode um cara se dizer seu amigo, frequentar sua casa, comer da sua comida e fazer essa sacanagem?
– De quem você está falando, Marco?
– Do Eduardo, Baiana.
– E o que tem ele? Pareceu-me tão bem.
– Bem não estava não, estava febril. Quando abri a porta, ele me abraçou. Estranhei. O Eduardo não é de muitos beijos e abraços. Gosta de manter distância. Não dessa vez. Dessa vez ele me abraçou com força. Senti seu rosto meio quente, pareceu-me febre. E estava com cara de cansado. Não reparou não? E mentiu de um jeito que eu nunca tinha visto antes. Óleo de peroba é pouco para ele.
– Que mentira ele falou?
– Ué! Já esqueceu? Ele veio com aquele papo de descansar, se afastar um tempo, estressado que estava por causa dos negócios que não iam bem. Como iria ficar em Neverland umas duas ou três semanas, veio pedir emprestada a nossa cabana na beira do rio. Como nos conhecemos há muitos anos, concordei. Meio distante, mas amigo. Ele não sabia que estávamos de mudança.

Levou o maior susto quando viu a casa vazia.

– E onde está a mentira?!

– Que precisava desestressar, ficar longe um tempo. Desestressar nada!

– E por que não? Ele está cansado, quer ficar sozinho.

– E fugir da polícia, Baiana!

– Como fugir da polícia?! O que ele fez? Matou alguém? Roubou?

– Você não ouviu o detetive?!

– Detetive?! Que detetive? Você não me falou nada de...

– Ah, é verdade! Você não estava quando ele chegou. E não é detetive não. É investigador de polícia e está atrás do Eduardo, que trouxe o vírus para Neverland.

– Vírus?! Que vírus?

– É isso que dá ficar retirado do mundo. Eu falo para você, precisamos ter, ao menos, um rádio, uma televisão, sei lá, alguma coisa que nos informe sobre o que acontece.

– Lá vem você com a mesma história. Quando me conheceu, foi a primeira coisa que falei e você achou o máximo. Até casou comigo. Agora, não reclame. O que tem esse vírus?

– É um vírus que está produzindo uma pandemia mundial, Baiana. Neverland estava protegida desde o começo. Fecharam as fronteiras e ninguém entra ou sai. Não viajaremos na data marcada. Todos os voos foram suspensos.

– Sério, Marco? E agora?

– E agora é esperar. Não podemos sair da cidade!

– E o trabalho lá em Moçambique, Marco? A gente vai perder?

– Provável, muito provável. A coisa está feia e não tem previsão para acabar. Segundo o investigador, não lembro seu nome, até a chegada do Edu, Neverland não tinha apresentado nenhum caso. E ele chegou vinte dias depois de a ilha ser fechada. Ninguém estava doente. Com sua chegada começou a aparecer doente, um atrás do outro. A coisa está uma tragédia, os hospitais quase lotados. Só não está pior porque o governo, logo que saíram as primeiras notícias da pandemia, tomou providências. Aumentou a quantidade de leitos hospitalares, comprou respiradores, forneceu equipamentos de proteção individual a todas as equipes médicas. Mesmo assim, o sistema de saúde corre perigo.

– E, como eles podem saber que o responsável foi o Eduardo? De repente, pode ser espião de outro país que trouxe o vírus para cá.

– Baiana, essa não é uma estorinha de espionagem que você lê nessa literatura de quinta...

– Mas pode acontecer de verdade. De repente, um país manda um vírus para acabar com o outro país. E quem faz isso? Os espiões, claro!

– Baiana, pelo amor de Deus, não fale bobagens. Nenhum país bancaria uma brincadeira dessas com um vírus que é incontrolável. Ele parou o mundo, Baiana! Tem dimensão do significado disso?

– Então, mais uma razão para eu acreditar que seja obra de espionagem. O país que mandou o espião fazer o serviço é que vai sair ganhando. E depois? O vírus se espalha e não se tem nada a fazer.

– Tem sim, Baiana. Pode-se tomar providências para evitar tragédias. Neverland negou a gravidade da gripe espanhola, no século passado, e o resultado foi a perda de milhares de vida. Só não foram afetadas algumas cidadelas no interior e as comunidades que viviam na floresta. O resto da ilha empesteou-se por conta dos estrangeiros que vinham para cá, e vinham aos montes. Dessa vez o governo não negligenciou. Fechou a ilha assim que surgiram as primeiras notícias da pandemia, antes de ela se espalhar pelo mundo, equipou os hospitais e aplicou testes para saber de alguém contaminado. Não encontrou ninguém.

– Mas não aplicaram em todo mundo! Nós não fomos testados.

– E, como eles chegariam até nós, Baiana? Passamos a maior parte do ano morando na cabana, à beira do rio, quase escondidos num lugar difícil de chegar. Quase um dia inteiro de caminhada pela selva. Como um agente do governo ia encontrar-nos? Só você mesmo.

– De qualquer maneira, tenho minhas dúvidas de que seja ele o portador do vírus. Eduardo é um cara bacana, sério. É meio mandão, fala o que pensa, mas é educado. Só não gosto do olhar dele, sempre mirando o vazio. Conversa olhando para os lados. E a Maria? Ela está sabendo disso?

– Soube do jeito mais difícil. Pegou a doença logo depois que o Eduardo apareceu nas minas. Foi a primeira vítima. Depois foram os funcionários que ficaram doentes. Todos tiveram contato com o Eduardo. Até o seu Jayme, lembra dele? O diretor da empresa. Alguns morreram.

– Você está me assustando, Marco! Com a Maria morta, o

Eduardo cuidará do filho? Lembra-se do Benu, aquela gracinha? Ficaram mais de uma semana lá na cabana. Foi uma confusão braba. Ainda bem que lá tem espaço, senão seria um inferno. Já pensou aquela criançada aqui, nessa casita?! Lembra? Ah, nunca vou esquecê-lo, daquele tamanhico, com aquela vozinha mansa, fazer os amiguinhos "ficarem de bem" quando se desentendiam, o que acontecia sempre, claro! Benu, pelo visto, será sempre um cara que, por pior que seja a situação, dá um olé, sacode a poeira e dá a volta por cima. Um sábio! O Eduardo vai cuidar dele, Marco?

– Como posso saber? Não sabem nem onde ele está!

– Uaaaaaah! Vamos dormir, Eduardo? Amanhã teremos que buscar nossos móveis, já que esse negócio vai demorar. Fico preocupada é com o Benu, tadinho. Sem pai e sem mãe. O que será desse menino?

O BARQUEIRO

O desassossego de Caron aumentava à medida em que assistia ao noticiário na TV. Hospitais lotados, corredores repletos de leitos, pacientes à espera de uma vaga na UTI; pessoas a se aglomerar e se enfileirar nas entradas dos hospitais e centros de saúde. Corpos levados pelos enfermeiros ao necrotério. Nas ruas desertas, poucas e amedrontadas pessoas, com máscaras, saindo apenas para abastecer-se de comida ou remédios. "Neverland repete a tragédia de outros países e eu posso ser o responsável", balbuciou antes de desligar a televisão e ir para a cozinha.

De costas para a parede, sua mulher lavava a louça na pia, entre o fogão e o filtro de barro apoiado numa prateleira, próximo à porta do armário. Caron pegou o copo no armário, ela, apercebendo-lhe a presença, puxou conversa. Caron foi até o filtro, encheu-o d'água e bebeu. Colocou o copo sobre a pia e saiu deixando a voz lamurienta da esposa para trás.

Na sala, sentou no sofá e ligou a TV. O programa exibia uma reportagem sobre o brasileiro que teria levado o vírus até a ilha e era procurado pela polícia. Não esperou o final da matéria, pegou o controle remoto e desligou a TV. Voltou à cozinha e colocou uma caneca com café no fogão, ao lado da pia onde sua mulher lavava uma panela. Ela fechou a torneira, colocou a panela no escorredor e, olhando para Caron, deu um sorriso maroto:

– Está parecendo barata tonta. Fica de um lado para outro! Sossega, rapaz!

Caron, encostado à beira do fogão, ignorou a mulher e continuou olhando para a caneca. Esperou o café começar a frigir, apagou o fogo, sentou-se à mesa e acendeu um cigarro. Continuou em silêncio, intercalou goles do café com longas tragadas. De repente, começou a ralhar consigo próprio, em voz alta:

– Deveria ter ouvido minha intuição. Quando ele apareceu, sabia que não daria certo. Alguma coisa estava no ar. E aí, ferrei-me. Como eu poderia saber que o Eduardo estava infectado? Falei para ele, não dá para vir, ninguém entra, ninguém sai. Não adiantou. Ele insistiu. Insistiu. E me fodeu. Agora, estou sendo processado...

Sem descuidar da lavagem da louça, Eurídice interrompeu-o:

– Este processo não dá nada. Com 70 anos você pode fazer um monte de besteira. Aliás, a única vantagem em ser velho nesse país é fazer besteira e não ser preso.

– Eurídice, você não entendeu a gravidade. Se provarem ser o Eduardo o portador do vírus, serei preso. Acusam-me de ter trazido o vírus! Você entende isso?! Esse tipo de crime não salva nem criança. Estou fodido, Eurídice!

– Caron, relaxe e vá atender a porta. Tocaram a campainha.

– Eduardo, o que você está fazendo aqui?!

– Oi, Caron, preciso falar com você. Posso entrar?

– Nem pensar! Está maluco?! Minha mulher me mata se eu deixar um cara, acusado de espalhar o vírus, entrar na minha casa.

– Tudo bem, Caron, não entro, mas preciso falar com você, de qualquer maneira.

– Eurídice – gritou Caron – vou até o cais atender um cliente e já volto!

– Não esqueça a máscara nem o álcool gel – gritou da cozinha.

Andando com facilidade naquela rua de pedras irregulares, misturadas à areia da praia, Caron manteve-se à frente de Eduardo, cujos passos eram retardados pelo cansaço que vinha sentindo há alguns dias. Pensou em iniciar uma conversa para reduzir-lhe as passadas e ganhar fôlego, mas desistiu diante do barqueiro a fazer-se de surdo.

No píer, onde estava ancorado o barco, Caron apontou-lhe a escadinha de acesso. Eduardo respirou a brisa marítima carregada com sarcasmo enquanto seus olhos percorriam o barco da popa à proa e deu o primeiro passo:

– Que lixo! Precisa de uma baita reforma.

Como resposta, recebeu de Caron a mudez e a mouquice.

Caron, na cabine do barco, apontou a cadeira para Eduardo, tirou duas cervejas da geladeira, deu-lhe uma e sentou-se na cama, de frente. O silêncio não incomodava a Eduardo que recuperou o fôlego, abriu a lata e deu um longo gole. De olhos fixos, Caron bebia, impassível. Eduardo colocou a lata de cerveja na mesinha, ao lado do cinzeiro, ajeitou o corpo na cadeira, tragou o cigarro, ergueu a cabeça e olhou o barqueiro com ar superior:

– Preciso de que você me leve de volta para Madagascar.

Caron permaneceu estático, sem lhe tirar os olhos ou fazer qualquer gesto. O corpo exalou sua mouquice e mudez até a lata de cerveja alcançar sua boca, dar um gole, passar a mão nos lábios e desandar a falar, a princípio com voz mansa:

– Fiz-lhe um favor, trazendo-o para Neverland mesmo sabendo que corria riscos.

– Serviço pelo qual foi muito bem pago!

O rosto de Caron, marcado por rugas e sol, começou a rosar. A voz a acidificar:

– Há quinze anos conduzo-o pelo Aqueronte para que possa chegar aqui, em Neverland, sem correr o risco de ser pego pela alfândega. De cliente, você virou amigo, não meu chefe. Estou com você engasgado na garganta desde a noite que o embarquei, quando você me desprezou, chamando-me de velho. Quem tem que ter medo dessa gripezinha são os velhos, iguais a você, você disse naquela noite, apontando para mim.

Esguelhou seu ouvinte. Estava tão nervoso que enviou a

mão no bolso da camisa para pegar um cigarro e se tranquilizar. Nada encontrou. Deu um sorriso que amenizou sua ira ao lembrar-se de que estava tentando largar o vício. Sua voz soava o fio da espada:

– Eu sou velho, mas não fico bufando por andar trezentos metros, igual você.

Mexeu o corpo em tom de deboche e com o desprezo aumentado disparou:

– Um cara de pau, um sem vergonha. Depois de debochar do meu barco, o mesmo que usa para contrabandear em segurança, tem a cara de pau de me pedir um favor – me leva para Madagascar.

Parou, deu uma bufada e continuou:

– Agora, estou metido num processo sem fim, e, por sua causa, corro o risco de passar meus parcos anos de futuro numa prisão. A única coisa que precisa fazer, se quiser mesmo voltar a Madagascar, é ir até a polícia e se entregar.

Eduardo deu um gole na cerveja, colocou a lata sobre a mesinha e voltou o rosto para Caron sem, contudo, fixar-lhe os olhos. Seu riso amargo acentuou o sarcasmo de sua voz:

– Não tenho nada a ver com isso, Caron. Tem um monte de gente que pode ter trazido o vírus para cá, não só eu.

– Acontece, seu idiota, que a ilha estava fechada um mês antes de você chegar. Ninguém entrou. Só você.

– E como eles sabem que eu entrei? Só se você... É isso. Você me dedurou – fez menção de levantar da cadeira, mas desistiu ao ouvir a voz brava de Caron e seu gesto incisivo ao agitar o indicador em sua direção:

– Olhe aqui, seu idiota, cuidado com o que fala. Estou numa situação ruim por sua causa, pois descobriram que eu o trouxe ilegalmente. Meu barco foi o único a dar entrada no porto desde que a ilha foi fechada. Vieram em minha casa e perguntaram para a Eurídice e ela confirmou que você tinha vindo comigo sim. Descobriram tudo. Agora você tem que se entregar e provar sua inocência. E, se não se entregar, desapareça, assim, ao menos, não podem me acusar de nada.

– Está bem. Supomos que você tenha razão, que eu seja o portador do vírus. Se me entregar e for condenado, você vai junto. Se eu não aparecer, eles não terão como incriminá-lo, certo? Então, Caron, leve-me a Madagascar que tudo se resolve.

Caron deu um gole na cerveja, soltou um longo ah prazeroso e começou a rir enquanto falava:

–Quinze anos vindo aqui e ainda não conhece este país. Vocês, brasileiros... A Marinha cercou todas as entradas. Vigia toda a ilha. Impossível passar sem ser visto.

O INVESTIGADOR

Nos meus quarenta anos de serviço como policial, quinze como investigador, nunca negligenciei meu trabalho. Resolvi quase noventa por cento dos casos, dos mais simples aos mais complicados, e fui condecorado por isso.

Os dois afastamentos que tive foram para ficar internado, cuidando dos ferimentos recebidos durante o cumprimento de meu dever. Aceitaria a acusação desta Curadoria, meus senhores, caso o motivo fosse outro, e não negligência. Desleixo não faz parte, nem do meu vocabulário, nem da minha vida. Hesitação, angústia, dúvidas? Sim, tenho o tempo todo, assim como tive ao pegar este caso. Tudo estava muito fácil. O depoimento da amante antes de morrer, a comprovação de que os primeiros infectados tiveram contato com o brasileiro, tudo deixava claro sua culpabilidade. Nada havia a investigar. Bastava prendê-lo. Era um trabalho simples.

Confesso que duvidava da culpabilidade do acusado, Eduardo Xavier Urbino, e achava o depoimento do barqueiro, Caron, uma clara tentativa de livrar-se do cúmplice.

Logo que peguei o caso, descobri que tanto o barqueiro quanto Eduardo estão sob mira da Polícia Federal, suspeitos de lavagem de dinheiro, formação de quadrilha e contrabando.

Não se conseguiram provas concretas, até este momento, mesmo porque os investigadores federais encontraram muitos obstáculos, obstáculos que aumentaram depois de aparecer o nome do presidente do Brasil como cúmplice de Eduardo.

Mesmo sem provas conclusivas, as relações de cumplicidade são claras. E Caron, que tem mais de 70 anos, aproveitou-se da pandemia para livrar-se do cúmplice, acusando-o de portador. Com essa idade, Caron estará livre. Prestará serviços comunitários e continuará chefiando a gangue internacional de contrabandistas.

Encontrar Eduardo era uma questão de tempo. Distribuí uma foto dele que baixamos da internet para todos os policiais da cidade e fechamos todas as saídas, exceto a parte ocidental, tomada pela floresta.

Se ele fosse, de fato, o portador, logo o saberíamos. O cerco estava fechando. Para facilitar ainda mais nosso trabalho e pegá-lo de surpresa, pedi para não publicarem nenhuma notícia a seu respeito, mas não me obedeceram.

Preferiram aumentar a audiência e se ampararam na liberdade de imprensa para dar prestígio a esse brasileiro exótico que, em plena pandemia mundial, faz turismo na ilha e contamina a população.

Os jornalistas não fazem ideia do quanto nosso trabalho foi prejudicado com a divulgação precoce da notícia. Conscientes ou não, foram responsáveis pela morte do dono do hotel. Alguns dos interrogados, em especial os que são da gangue, emudeceram depois da divulgação.

Minha intuição dizia que Eduardo estava sob proteção. E eu estava certo. Para matar o dono do hotel exigiam-se especialistas, e a ilha está cheia deles. Todos acostumados a lidar com fogo na floresta e a controlá-lo. Muitos ali fariam com tranquilidade o trabalho de queimar o hotel e o corpo sem que as labaredas consumissem a carteira com documentos da vítima.

Por que trocaria de identidade? Por ser portador do vírus ou por medo da aproximação cada vez maior dos agentes federais?

Intensifiquei minha investigação e descobri um casal de amigos de Eduardo de muitos anos. Resolvi interrogá-los. Pelo tipo de amizade, poderiam me dar algumas pistas e, por que não, descobri-los cúmplices do Eduardo! Nesse dia, por um quase, não o prendi. Ele havia passado pela casa de Marco há menos de três horas e tomado a direção da floresta, onde se esconderia na cabana à beira do rio pertencente ao casal.

Minha suspeita de cumplicidade entre Marco e Eduardo caiu por terra assim que começamos a conversar. Casal estranho. Vive isolado do mundo, à beira do rio, no meio da floresta, e não tem qualquer contato com a civilização. Ele é bioquímico, ela, bióloga e estão de mudança para Moçambique. Prestarão serviços comunitários nas comunidades florestais africanas. Raro encontrar gente tão sincera e inocente assim. Com o mapa que ele me deu, acelerei o carro atrás de Eduardo, mas empaquei três quilômetros depois de pegar a estrada. Faltou combustível na viatura.

E, se nesse episódio, os senhores me acusam de negligência, ter deixado o criminoso escapar, é porque desconhecem meu relatório de atividades.

Nesse relatório estão documentadas tanto a solicitação para guinchar a viatura parada na estrada florestal, bem como meu pedido protocolar ao senhor Delegado, solicitando uma equipe de policiais para efetivar a prisão.

Se, de fato, ele foi refugiar-se na cabana de Marco, não tem como fugir. Metade do percurso, quase um dia, só é possível a pé.

Enquanto esperávamos o retorno dos policiais, minha equipe continuava suas buscas pela cidade. Pedi apoio aos federais e passamos a interrogar todos os que pudessem ter contato com Eduardo e estivessem envolvidos no sistema integrado de lavagem de dinheiro e contrabando.

Não localizamos Eduardo, mas o resultado foi positivo. A polícia federal conseguiu vincular alguns membros da gangue ao piloto presidencial do Brasil, mas a prova terá que ficar em sigilo, até porque as relações entre os dois países nem existem mais. Neverland não compactua com fascistas.

Ontem, antes de receber esta convocatória para responder às acusações da Curadoria Policial de Neverland, entidade que respeito e admiro, chegou-me às mãos o celular do acusado, o senhor Eduardo Xavier Urbino. Estava no cruzamento da estrada florestal com o bairro da Borboleta, onde Marco e Baiana, já citados, moram.

Desbloqueei parte dele e tive acesso a mensagens que me frustraram. Nenhuma delas importava para nossa investigação. Muitas eram para saber da esposa, que vive no Brasil, sobre os filhos pequenos, outras ligadas a grupos de WhatsApp com mensagens agressivas e convites para o extermínio de comunistas, ateus e índios.

Mas há uma pasta com título muito sugestivo: APB – Alliance for Brazil, que consegui abrir parcialmente. Pelo visto está tudo lá. Contratos, documentos, lista de nomes e codinomes. Notas fiscais, relatórios. O suficiente para incriminar Eduardo, Caron, Jayme, o diretor das minas, o Presidente do Brasil e até mesmo o Prefeito da capital de Neverland. A Polícia Federal, em posse desse celular, concluirá suas investigações, ou ao menos a que envolve os cidadãos neverlandeses. Como os senhores podem concluir, ainda não prendemos Eduardo Xavier Urbino, mas fizemos grandes descobertas e, com essas provas, teremos a chance de varrer de Neverland alguns destes elementos nocivos à sociedade.

O PORTADOR[1]

[1] Publicado originalmente na Revista de Literatura e Arte Laranja Original, São Paulo; Outono de 2021, vol. 5.

Sentada em frente à televisão, Pandora, uma senhora de setenta anos, com seus cabelos longos e grisalhos, assistia ao noticiário do jornal vespertino. Sozinha na ampla e luxuosa sala de estar, vestia-se como se estivesse num ambiente social e sofisticado. Sobre o peito, os cabelos ocultavam parte do colar de pérolas que se estendia sobre o decotado vestido de seda. Os comentários do âncora televisivo lhe incomodavam:

– Exagero! Esses jornalistas só criam confusão. Pura histeria. Esse vírus é fácil de resolver. Bandidos! Esquerdopatas!

A criada, com uniforme cinzento e touca branca na cabeça, entrou em silêncio na sala e aproximou-se:

– Dona Pandora, desculpe interromper. Tem um moço aí fora, quer conversar com a senhora. Diz que é urgente.

– Aí fora?! Mas não estamos proibidos de sair?! O que ele pode querer comigo?

– Diz que é do Ministério das Relações Exteriores.

– Ah, meu Deus, o que será? Mande-o entrar. Se diz que é urgente, vamos ver, afinal, o Eduardo vive metido no meio do governo. Mande entrar. O que está esperando? Ande logo!

Desligou a televisão, ajeitou-se no sofá, estendeu a mão e pegou, na mesinha ao lado, um espelho circular com uma alça pequena emoldurada com madrepérolas. Mirou-se, ajeitou os cabelos, recolocou o espelho na mesa e esperou.

Acompanhado pela criada, entrou o jovem representante diplomático. Ele ficou parado, aguardando que ela se manifestasse. Pandora levantou-se, estendeu-lhe a mão. O rapaz olhou-a fixamente e se desculpou:

– Senhora, não é aconselhável que eu lhe toque. Perigoso para a senhora, sabe, esse vírus é muito contagioso. Perdoe-me.

– Que exagero! E, se estamos proibidos de sair de casa, o que é uma bobagem, o que está fazendo aqui? Sente-se, por favor – apontou para a poltrona ao lado do sofá –. O que deseja falar comigo que é tão urgente assim?

–É sobre seu filho, senhora. Eduardo Xavier Urbino é seu filho, não?!

– Claro que é meu filho! O que tem ele?

– Preciso lhe fazer algumas perguntas. Poderia, por favor, me dizer em que seu filho trabalha?

– Pergunta idiota! Com que o Eduardo trabalha, todos sabem, ele comercializa joias, pedras preciosas. Essas coisas. Por que você quer saber isso? Você não lê os jornais? O Eduardo está sempre nas colunas sociais. Inclusive é amigo de nosso Presidente. Sai toda hora nos jornais!

– E ele tem negócios no exterior?
– Claro! Inclusive, está na Europa agora. Foi para lá antes de essa loucura começar. Foi a negócios.
– E a senhora sabe se ele foi para Neverland?
– Neverland?! Que é isso? Nunca ouvi falar.
– Desculpe, não sei como lhe dizer. A senhora precisa ser forte.
– Forte?! Por quê?! O que aconteceu?
– Bem, minha senhora, recebemos uma comunicação do governo neverlandês... Informando que seu filho... Bem, seu filho... Foi encontrado morto neste país.

Pandora se levantou. Seu rosto, antes avermelhado pela maquiagem, tornou-se pálido. Ela balbuciou algo que o agente diplomático não entendeu e caiu desmaiada.

No hospital do centro da capital de Neverland, uma jovem foi internada em estado grave. Com a respiração arfante, febre alta e tosse, os médicos a isolaram. A examinaram cuidadosamente, realizaram diversos exames e constataram que se contaminara pelo vírus, a mesma que criou uma pandemia mundial e colocou a maioria dos países em quarentena.

– Temos que avisar as autoridades. Esse é o primeiro caso de doença aqui na ilha – comentou o médico que a examinou.
– Mas isso é impossível – retrucou o assistente –, estamos fechados desde que a pandemia começou na Ásia. Desde então, ninguém entra ou sai daqui.
– Mas alguém trouxe esse vírus para cá. E não temos muita condição para cuidar dos doentes se ele se disseminar.

Uma enfermeira entrou no quarto:

– Doutor, tem mais dois casos iguais. Acabaram de chegar.

O médico não hesitou. Enquanto trocava o avental descartável, pediu à enfermeira para que ligasse imediatamente ao Ministério da Saúde, comunicando as internações.

Poucas horas depois, um agente da Saúde entrou no hospital e pediu para conversar com a paciente infectada. A princípio, os médicos hesitaram, mas, diante da gravidade do caso, concordaram, não sem antes o advertir da necessidade de se proteger, para evitar contaminação, e não demorar muito na conversa. Em pouco tempo, ela entraria em coma induzido para que fosse colocada no respirador artificial.

– Dona Maria, preciso lhe fazer algumas perguntas. Sabe como a senhora contraiu essa doença? Teve contato com alguém doente?

Maria, ainda ofegante e sentindo crescente falta de ar, olhou para o agente e manteve-se calada.

– Dona Maria, por favor, precisamos saber com quem a senhora esteve. É a única forma de evitarmos que essa doença se propague. Esteve com alguém doente?

– Não... Não. Ninguém. Nem em casa, nem no trabalho.

– A senhora trabalha nas minas, não?! Alguém mais apareceu por lá? Alguém que foi fazer só uma visita?

Os olhos de Maria lacrimejaram. A enfermeira que a acompanhava mediu-lhe a pressão e fez sinal para que o agente saísse, a jovem piorava e o ar lhe faltava com mais frequência.

– Por favor, Dona Maria, precisamos saber. Muitas vidas correm perigo. Temos que saber quem trouxe o vírus.

Maria caiu em prantos:

– Só estive com o Eduardo.

– E ele estava doente?

– Não, não. Ele vem para cá várias vezes ao ano. Mora no Brasil, vem me visitar e ver o filho. Meu filho, doutor, ele está bem?

– Não sou médico. Mas posso ver. Quando foi que a senhora o encontrou?

– Há menos de uma semana.

– E sabe onde ele esteve antes de vir para cá?

– Na Europa, na It...

Maria não chegou a completar a frase, desmaiou. A enfermeira chamou os médicos e o agente retirou-se. No corredor, foi abordado por outra enfermeira:

– A situação piorou. Apareceram mais doze casos de pessoas com os mesmos sintomas. Todos da mesma região, mineradores, inclusive o dono das minas, internado em estado grave.

Na delegacia, Caron estava sentado na sala de interrogatório. Pediu para acender um cigarro, deu uma golfada e olhou para os dois homens sentados à sua frente. Um deles, o primeiro a falar, era o agente da Saúde, o outro, um investigador.

– Senhor Caron, parabéns por ter-se entregado...

O navegador, cujos lábios avermelhados realçavam o rosto queimado de sol e sal, tirou o cigarro da boca e interrompeu o agente:

– Quando vi a notícia na TV, fiquei preocupado. Tinha que falar com vocês... Eu... Sabe, doutor...

O agente retomou sua fala:

— Mesmo sabendo que a ilha estava fechada, que ninguém podia entrar nem sair, mesmo assim você o trouxe. Por quê?

— Ora, doutor, o Eduardo é um cliente antigo. Toda vez que vem para Neverland, e vem muitas vezes, aluga meu barco. Não podia recusar, sabe como é?! Não sabia que estava doente!

O investigador, até então atento aos gestos do interrogado, apontou-lhe o dedo indicador enquanto a voz grave e incisiva ameaçava:

— Esse seu crime vai lhe custar a prisão perpétua. São dois crimes num só, seu babaca!

Caron arregalou os olhos, comprimiu o cigarro mal-iniciado no cinzeiro e murmurou:

— Ser preso? Só porque trouxe o Eduardo? Isso não é justo, eu...

O agente da Saúde, cuja voz mantinha o ritmo sonolento do trabalho burocrático, resolveu explicar ao navegador as consequências de seu ato insano:

— Você provocou uma reação em cadeia, Caron. Muitos estão morrendo contaminados, mas muitos outros estão ficando doentes, com medo. Os hospitais congestionados para tratarem da doença física, os consultórios e clínicas psicológicas lotados com as doenças da alma.

O investigador aproveitou a pausa do agente da Saúde e retomou a palavra, no mesmo tom incisivo:

— Você percebeu sinal de doença no Eduardo? Ele tossiu, tinha febre?

— Não, não. Ele não tinha nada. Até comentou que participou de uma festa na Itália e que depois a cidade ficou infectada, mas não ia ligar para essa bobagem que podia muito bem ser invenção da mídia e dos comunistas.

– Você não ficou com medo de ser contaminado?

– Claro que não, doutor. Ele não estava doente, além do mais, precisava resolver seus negócios e visitar seu filho. Ele tem um filho com a Maria, a secretária das minas...

– Que morreu há dias, vitimada pelo vírus, Caron. Agora, o filho ficou órfão de pai e mãe – comentou o investigador.

– O Eduardo morreu? Pensei que estivesse vivo!

– Seu corpo foi encontrado carbonizado. Morreu durante o incêndio do hotel. Tem duas coisas estranhas: uma é que os documentos não se queimaram, só o corpo e parte do prédio, e a outra é que não achamos o dono do hotel, que está desaparecido. Por causa do fechamento da ilha, só o Eduardo estava hospedado lá. E onde está o dono? Não sabemos.

Carta do governo de Neverland ao Brasil
Ilhosy de Neverland, 12 de abril de 2020.
Excelentíssimo Senhor
Arnesto Feice
Ministro das Relações Exteriores do Brasil

Estimado Senhor Arnesto Feice,

É com profundo pesar e humildade que pedimos desculpas pelas informações que enviamos em carta anterior, comunicando o falecimento do cidadão brasileiro Eduardo Xavier Urbino.

Tendo entrado ilegalmente em nosso país, este cidadão foi

responsável por disseminar o vírus em nossa ilha. Procurado por nossas autoridades locais, sob a suspeita de ser o portador do vírus, encontramos seu corpo carbonizado no incêndio que destruiu parte do hotel onde estava hospedado.

Todavia, depois de analisada a arcada dentária do falecido, constatamos que o corpo não é deste cidadão, mas sim do proprietário do hotel.

Desta forma, pedimos desculpas pela informação equivocada enviada anteriormente e avisamos que, caso venhamos a encontrá-lo, ele será processado, julgado e condenado à morte por entrar de forma ilegal e disseminar o vírus em nosso país.

Como não temos nenhuma relação diplomática, advertimos antecipadamente que não haverá possibilidade de que ele seja repatriado.

O Governo do Estado de Neverland reitera suas desculpas pelo equívoco.

Receba, senhor Ministro, nossos votos da mais alta estima e distinta consideração.

Atenciosamente,
Texua Solís Alardves
Secretário de Governo de Neverland.

CUMPRINDO O DEVER

Parei e conferi o endereço. No batente do portão, o número estampado indicava tanto um estacionamento quanto um quartel militar. Seria isso mesmo? A notificação que recebera dias antes dizia apenas para comparecer ao local e levar documentos. Nada mais. Abri o mapa em meu celular e conferi a localização. Sim, era ali mesmo. O endereço estava certo e eu estava prestes a entrar num quartel militar.

Meus músculos tensionaram de imediato. Até aquele momento, estava tranquilo. Nem quando assinei o recibo para o oficial de justiça e soube que deveria estar naquele endereço em dia e hora marcada, me preocupei. Para mim era alguma dívida sendo cobrada! Mas não. Eu estava à frente do quartel e teria que entrar, sem nem saber o porquê.

Respirei fundo. Dei um hesitante primeiro passo, depois, com mais coragem, aproximei-me do portão. O soldado de guarda viu o papel em minha mão e, sem falar nada, apontou-me a direção a seguir: um galpão enorme, de uns vinte metros de largura por uns cem de comprimento. No hall, vazio e silencioso, outro soldado apontou-me o guichê.

Minhas mãos começaram a tremer e os músculos das pernas a tensionar. Nessas horas, preciso relaxar e falar é a melhor maneira, a única que encontro para me acalmar. Sempre funcionou. Mas, nunca tivera, até então, que fazer a experiência com um milico. Que ironia! E usando toda a educação, gentileza e simpatia que aprendi desde muito cedo, pronunciei numa voz doce, quase feminina:

– Boa tarde! Posso lhe fazer uma pergunta?

– A notificação e os documentos pessoais!

Meio trêmulo, coloquei a notificação sobre o balcão, enfiei a mão no bolso e tirei a carteira de identidade acompanhada de um comprovante de endereço. Estiquei a mão, repetindo a pergunta. Ele puxou os documentos, levantou-se da cadeira e foi até uma impressora onde os escaneou, voltou e me devolveu. Pegou um cartão impresso, registrou um número e entregou-me com recomendações:

– Um soldado vai acompanhar. Leia o cartão. Entre na fila e não fale. É proibido.

Voltei a insistir:

– Posso lhe fa...

Antes que eu continuasse, ele apontou para o salão. Olhei na mesma direção e voltei-me para ele que continuava sentado, mexendo em alguns papéis sobre a escrivaninha.

Caminhei em direção a um soldado baixinho que me levou

até uma escada. Do alto dela, via e espantava-me com a enorme quantidade de homens que ocupavam todo o salão. Ao fundo, soldados guardavam algumas portas no espaço vazio formado entre elas e a massa de homens enfileirados. O soldadinho puxou-me pelo braço. Sem resistir, acompanhei-o. Aproveitei a chance para lhe fazer a pergunta que me angustiava, mas ele simplesmente limitou-se a colocar o indicador sobre os lábios e acompanhar-me até o último lugar da fila.

– Caraca! O que farão conosco?! Tinha que perguntar para alguém. Esperei o soldadinho distanciar-se e, aproximando-me do ouvido do rapaz à minha frente, balbuciei:

– Você sabe o que farão conosco?

Imobilidade foi sua resposta, sem o mínimo interesse em saber quem lhe murmurava aos ouvidos. Estava prestes a repetir a pergunta quando senti a mão do soldadinho em meus ombros. Ele nada falou. Estiquei meu corpo, me ajeitei. Ele apontou-me o cartão que recebera no guichê, logo na entrada, e se retirou. Resolvi fazer o que deveria ter feito. As instruções eram simples, em linguagem direta e com alguns erros de português. Li-as tanto que as memorizei:

Proibido qualquer comentário sobre as notificação;
Proibido falar com as pessoa:
Andar na fila em passos militar.
Qualquer violação é crime com pena máxima, sem direito a processo.

Escorreu suor frio pela testa, doeu o peito e a pressão baixou. Que me aconteceria? Por que tanta proibição? Era quase certo, só saberia as respostas quando chegasse minha vez. Isso demoraria tanto quanto o desgaste da rocha produzido pelo roçar do véu de noiva. Teria, portanto, que me controlar. Assumir uma bravura que nunca tive, respirar fundo, relaxar e esperar.

Minutos depois a fila começou a andar. Os passos de velhos, jovens, pessoas de meia idade, se davam em uníssono. Erguiam a perna direita até formar um ângulo de noventa graus, abaixavam-na e erguiam a esquerda, repetindo o mesmo gesto. Compreendi o significado dos "passos militar" da instrução e acompanhei a massa.

Centenas de ergue e levanta as pernas depois, consegui perceber que a fila diminuía, mas ninguém que saia dela voltava a ser visto. Sairiam por outra porta? Depois que saíssemos, continuaríamos nossa vida normal? Vai acontecer alguma coisa? Que poderia ser? Matar-nos? Matar para que e por quê? Não faz sentido. Convocar para o serviço secreto? Bobagem! Para isso não chamariam gente de todas as idades e civis, sem experiência nenhuma. E essa merda de pena máxima, sem processo?

A fila voltou a diminuir e, entre as frestas humanas, vi como a coisa funcionava. No fundo do salão formavam-se filas menores defronte a cada uma das sete portas que abriam e fechavam quase simultaneamente. Era por essa razão que dávamos sete passos cada vez que andávamos.

A cabeça da gente só tem minhoca. Monte delas que não param de atordoar. E uma delas levantou a lebre da saída daquele lugar. As pessoas entram por aquelas portas, mas não saem. Só entram. E, por este salão, ninguém sai.

Homens de todas as idades, cheiros e cores não dava espaço para qualquer saída. Voltei a ler o cartão, colocando em dúvida minha capacidade intelectual de interpretar texto. Estaria interpretando certo? Dúvidas, não havia. No primeiro item, estava claro, não podia falar sobre a notificação que recebi. Agora, e o segundo item? Literalmente está dizendo que estou proibido de conversar. Meus deuses, se não posso falar com as pessoas, como vou me relacionar? Fazer negócios? Viver? Pior, se violar essas instruções torno-me criminoso, vou para a cadeia cumprir pena máxima sem direito a ter ao menos um processo.

Caramba, que enrascada fui me meter! Por que atendi a porta? Se soubesse que era uma notificação, não teria aberto. Mas agora é tarde. Abri e estou aqui, esperando sei lá o quê.

O inferno parecia estar chegando ao fim quando me vi perto de entrar em uma das filas menores, a que levava a uma das sete portas, de onde as pessoas entravam e não saíam. Mas, meu corpo doía tanto que nem dava importância a esse enigma. Precisava era sentar, descansar as pernas prejudicadas pelos meus tortuosos calcanhares. Muito tempo de pé, as pernas se desequilibravam e eu sentia a musculatura enrijecer, doer e subir até a lombar.

Foi um alívio quando finalmente a porta se abriu, entrei e sentei na cadeira da sala onde me aguardavam duas pessoas, uma, de jaleco branco, sem identificação. Poderia ser um médico, o outro, um soldado, também sem identificação. Que me importava isso diante daquele pequeno conforto? Meu corpo havia descontraído tanto que meus braços escorregaram de meu colo e ficaram balouçando por alguns segundos. Sentia-me reconfortado. Minhas angústias e medos, alimentadas desde que entrara naquele salão, foram dar um passeio e eu sosseguei.

O soldado pegou meu cartão, jogou-o numa lixeira, voltou-se para mim, dando-me instruções que deveriam ser seguidas à risca:

– Primeira coisa, você não pode falar nada do que aconteceu aqui, nem do que vai acontecer. E obedecer às ordens que vai receber – parou de falar, esticou o corpo e fez sinal para que se iniciasse o processo, fosse ele qual fosse.

O fulano de jaleco branco se aproximou, puxou um banquinho para sentar-se, bem próximo a mim, pegou um objeto que me pareceu um carimbo, ergueu meu queixo, colocou-o entre o nariz e a boca e pressionou-o. Um leve choque fez com que eu tremesse por inteiro. Ergui a mão, mas ele a segurou, impedindo-me o toque. Pegou um espelho de seu jaleco e mostrou-me o resultado de sua intervenção: um retângulo preto, entre o nariz e a boca, delineando um bigode. Apontou para o espelho, explicando:

– Todo dia você deve raspar o bigode, deixando a marca preta sem mexer, até ele crescer. Aí você pode aparar, cortar nunca. Cortar, só as laterais. Entendeu? Tudo aquilo me deixou sarapantado e mal consegui abaixar a cabeça, concordando.

Do meu lado, minha mulher dormia em sono profundo quando acordei com o corpo todo dolorido. Levantei e fui ao banheiro. Não. Não fora um sonho. O espelho não mentia. Precisava raspar o bigode para manter em boa forma o desenho feito no dia anterior.

CASTIGO

Colocou o cursor sobre seu nome e clicou. Na tela, a advertência: cuidado, sítio perigoso. Ignorou-a e voltou a clicar.

Imagens se multiplicaram aos borbotões com o nome de todos seus amigos. Arrependimento, nem pensar, o recado fora claro: lugar perigoso. Não devia ter clicado. Agora, era assumir as consequências.

Sem perder tempo, seus dedos trêmulos começaram a digitar uma mensagem de advertência aos amigos e clientes. Sorriu aliviado ao teclar o *enter*.

Não demorou para se abrir uma janela retangular, com a mensagem em fundo cinza, no canto superior da tela: falha no envio.

De pronto seu rosto se contraiu. O que poderia estar acontecendo? Em nova tentativa de envio teclou o *enter*. A mensagem de erro reapareceu. Voltou a ignorar. Apertou o *enter*. Nova mensagem, desta vez bloqueando-o.

De imediato, clicou no ícone de contestação. Seus dedos, ao contrário de antes, percorreram ágeis o teclado do celular, a reclamar do absurdo da punição e, para fortalecer seus argumentos, detalhou os passos dados. Terminou de digitar, satisfeito. Fez uma rápida revisão no texto, corrigiu uma vírgula fora do lugar e apertou o *enter*.

Na tela, a resposta imediata: bloqueio mantido por violação de normas legais.

Jogou o telefone sobre o sofá, ao seu lado, e foi ao banheiro. Urinou, lavou as mãos e, enquanto se enxugava, observou no espelho os fluxos descontínuos de seus dados binários.

UM SÉCULO DEPOIS

A CONSPIRAÇÃO

Diógenes desceu do carro. À sua frente, a figura plasmática do protetor, o policial encarregado de controlar a entrada e a saída do burgo. Diógenes sabia que estava diante de uma rotina diária, obrigatória, de se identificar no portal, mas também estava sem energia depois do acidente com um de seus operários nos CPXs e queria chegar logo em casa. Que coisa chata! Não fosse essa burocracia estúpida, estaria em casa em menos de dez minutos e ficaria embaixo do ventilador a abanar os problemas do trabalho.

E que burocracia! Toda tarde, depois do expediente, pegava o carro e ia para casa. No portal, quando chegava sua vez, depois de enfrentar filas enormes, descia do carro, mantinha distância de ao menos um metro e meio, erguia as mãos e olhava nos olhos do policial para que fosse identificado. E ouse fugir dessa rotina! É exílio na Amazônia ou morrer cavando poços em busca d'água. Estava cansado, impaciente. Imagens dele, pelado embaixo do ventilador, não lhe saíam da mente. Para que essa fiscalização? Eles sabem tudo da gente. E aquele dia tinha sido horrível. Ele salvou, por pouco, a vida do operário que quase despencara do alto do muro. Aquele acidente lhe custará uma notificação e seus dias de férias serão reduzidos.

Diógenes desceu do carro. Ergueu as mãos e fixou seu olhar nos olhos do protetor que se limitou a dizer:

– Identificado. Siga!

Começou a abaixar os braços quando o protetor continuou:

– Não, espere. Seus pulsos estão acelerados. Está com pensamento negativo?

Diógenes emudeceu. Sabia o perigo de ser pego com "pensamentos negativos", identificados como sinais criminosos pelos protetores. Como eles identificavam foi um mistério até comprovarem que os protetores eram seres digitais, cópias de humanos, não robôs, clones. Na verdade, frente a um protetor, clone ou não, pouco importa, ele pode te levar à cadeia, ao hospício ou ao exílio. Então, sem pestanejar, Diógenes balançou a cabeça de um lado para o outro, e se justificou com o acidente durante o serviço.

O protetor, satisfeito com a negativa, liberou-o.

Diógenes chegou em casa e ligou o ventilador. Tirou a bermuda, a camiseta empapada de suor e sentou-se na cadeira de praia, no salão entelhado com folhas secas. À sua frente, o termômetro indicava 39 graus, ao seu lado, uma banqueta com uma bacia quase cheia de água meio escurecida, suja, e um pano. Ele pegou o pano, molhou-o na água, tirou o excesso e passou pelo corpo. Descontraiu-se. Sorriu, feliz.

Sua mulher, Laurinda, apareceu com o dedo indicador apontado, brava:

– Você é surdo?! Tô chamando desde que chegou!

– O que te aflige?

– O Luís recebeu outra advertência na escola.

Diógenes sorriu. Tinha quase certeza, o filho usara a expressão "é verdade esse bilete". Ótima para afrontar alguém indesejável. Ele próprio aconselhara o filho a usá-la nesses casos, sem deixar de atentar para o perigo que significava seu uso. Apesar de ninguém conhecer sua origem, era uma expressão proibida em todo o país e considerada pejorativa em seu mais alto grau. Qualquer pessoa vítima da frase poderia processar quem a dissesse. Claro, teria que ter provas, fáceis de se conseguir com a quantidade de câmeras espalhadas pela cidade, tanto nas salas, corredores, quanto em becos e ruas.

Sem que Laurinda o percebesse, Diógenes parou de sorrir, virou-se para a mulher e perguntou em tom sério:

– Por causa do "é verdade esse bilete?"

– Não. Ainda bem que não. Foi pego fora da sala de aula, meio que escondido.

– Escondido do quê?

– Não sei. Ele não fala.

– Ele está em casa?

– Não. Na casa do amigo. Aquele que mora aí na esquina.

Esqueci o nome. Tá sempre aqui em casa.

– Eu sei quem é. Depois eu falo com o Luís.

Laurinda saiu contrariada, não sem antes resmungar com o indicador apontado para seu rosto:

– É sempre assim, primeiro, a política, a revolução, depois a gente. Até quando, Diógenes?

Diógenes desconsiderou a ira da companheira e consultou o relógio. Não tinha muito tempo. Logo os amigos chegariam e ele precisava estar pronto. A conversa com o filho, apesar de necessária, pois se tratava de um assunto grave, ficaria para depois. A reunião não podia esperar, tinham coisas importantes a decidir, principalmente depois de ter sido comprovado que os agentes da ordem eram, em sua maioria, seres digitais. Há décadas, ele e seu grupo dedicavam-se a estudar e a combater o sistema do país e muitos de seus companheiros, infiltrados como espiões, perderam a vida nessa luta. Agora, o final se aproximava. Sabiam qual era a base de sustentação do governo, restava descobrir como eliminá-la, e a reunião poderia mostrar o caminho. A luta ficara mais fácil.

Com o sentimento de vitória iminente e um sorriso nos lábios, abriu a porta para Borges, um dos líderes da resistência. Perto de seus 60 anos, suor por todo o corpo, Borges, sentou-se num banco de madeira improvisado, embaixo do ventilador no centro do salão.

– Não vai ligar esse ventilador não?

– Calma! Preciso desligar este aqui primeiro, senão o grande não funciona. Fique à vontade. Tire a camiseta.

Borges não perdeu tempo. Tirou a camiseta e colocou-a no

encosto do banco. Diógenes, que havia sentado ao seu lado, depois de ter ligado o ventilador central, começou a rir. Questionado por Borges, respondeu:

– Desculpe, Borges. É que você, visto de perfil, parece um b.

Borges, com seu sorriso manso, não deu importância ao gracejo do amigo, mas, como este não parava de rir, resolveu se explicar:

– Diógenes, é uma merda. Só engordo na barriga. Pareço personagem de desenho animado. E tudo por causa dessa porcaria de cerveja fake que a gente bebe.

– E por que bebe essa cerveja, Borges? Sabe-se lá que tipo de água eles usam? E de onde vêm o trigo e a cevada? Os lugares que produziam são quase desertos hoje. Você é maluco de beber isso. Credo!

Diógenes olhou para o relógio.

– O pessoal está atrasado.

– O Joaquim e o Floriano chegarão atrasados. Já avisaram. Eles têm um encontro com um membro da resistência com informações importantes.

– É, vamos esperá-los. E aí, Borges, que você pensa que a gente deve fazer? Destruímos os hologramas ou lutamos corpo a corpo com os protetores?

– Corpo a corpo?! O corpo deles é digital. Como você mata um cara desses? Impossível. A gente tem é que descobrir a fonte geradora. Aí, sim, a gente acaba com todos ao mesmo tempo.

– Você tem razão, Borges. Até porque a gente acaba não só com os protetores, esses são os piores, acabamos também com os funcionários, os burocratas, os professores, imagina! O único jeito de acabar com isso é destruir a fonte geradora desses germes eletrônicos.

— Supondo que você esteja certo, a gente destrói os subalternos. E aqueles, que realmente mandam, continuarão?

—Mas eles ficam mais vulneráveis. Você já reparou que eles nos identificam olhando em nossos olhos? Só um cérebro digital tem essa capacidade. Se acabarmos com eles, nossas identidades desaparecem e eles perdem o controle. A gente fica livre.

A conversa foi interrompida com a chegada de Ernesto, que logo se inteirou do assunto e apresentou seu ponto de vista, com voz convicta de quem estava com a verdade em mãos:

— Temos que agir em dois planos. Terra e ar. Primeiro, as táticas terrestres. Táticas de guerrilha, para distrair. Enquanto isso, procuramos a fonte geradora e a destruímos.

Borges ia contestá-lo, mas, com a chegada dos dois outros integrantes que faltavam, preferiu deixar o assunto para a reunião, prestes a ser iniciada. Antes de sentar-se, Joaquim pediu licença a Diógenes para usar a água da bacia para refrescar-se. Diógenes riu:

— Se não ficar com nojo, fique à vontade. Essa água já tem três dias e só será trocada amanhã, quando abrirem as torneiras de abastecimento.

Joaquim sorriu, meio triste e comentou:

— Se preocupe não. Lá em casa minha filha derrubou o pote de reserva e tive que comprar água no mercado negro.

Floriano, sujeito esquelético, bigode e barbas ralas, com jeito de executivo, deu três batidas na madeira do banco em que estava sentado e chamou a atenção dos companheiros:

– Vamos começar a reunião? Até porque a gente tem que sair daqui antes das dez, senão podemos ser pegos pelos protetores.

Diógenes olhou para o relógio e concordou. Como líder da célula, abriu os trabalhos agradecendo a presença dos companheiros e passou a dar as últimas informações a respeito da veracidade da tese de que o sistema do governo era sustentado por um exército de seres digitais. Comprovada a tese, precisavam agora achar a solução.

Ernesto pediu a palavra, mas Diógenes deu preferência ao relato de Joaquim e Floriano, portadores de informações importantes.

Floriano foi objetivo em seu relato. O contato deles com o integrante da célula de resistência do CPX, da Zona Sul, além de confirmar a tese de serem digitais toda a estrutura do governo, havia localizado a região onde estava a fonte geradora.

– E onde é essa região? – perguntou Borges.

– É por aqui, no bairro do Diógenes, ou ao menos nas proximidades desse bairro.

Ernesto, impaciente por ter sido cortado, aproveitou uma pausa de Floriano e, com firmeza e convicção, apresentou seu plano de ação:

– Já falei isso pro Borges e pro Diógenes: a gente tem que trabalhar em duas frentes, em duas vias, a via aérea e a terrestre. Primeiro, a gente usa a tática terrestre, tática de guerrilha. A gente ataca os protetores onde eles estiverem. Enquanto isso, concentrados em prender os agressores, a gente fica mais livre para procurar a fonte geradora. Simples assim.

Borges, mais do que os outros, prestava atenção em cada palavra de Ernesto e balançava a cabeça em tom de desaprovação. Quando Ernesto terminou de falar, Borges contestou-o:

– Ernesto, sua estratégia funcionaria se esses clones fossem feitos com células orgânicas, mas não o são. São seres digitais. Como matar um ser digital? Com um tiro de 38? Nem pensar.

Todos concordaram e Joaquim tomou a palavra:

– O Borges está coberto de razão. E tem outro problema, Ernesto. Se você se aproximar de qualquer protetor ou funcionário do estado a menos de um metro e meio, está praticamente morto. Se eles não te matam na hora, você é preso, processado e aí a gente tem três chances: ficar preso e cavar poços d´água, ir para a Amazônia ou para o hospício.

– Até porque – complementou Floriano –, se você der um tiro no protetor, ele responde na hora esteja na distância e onde você estiver. E eles não erram nunca. São certeiros.

Derrotado em seus argumentos, Ernesto recolheu-se em seu banco e ficou quieto. Diógenes encerrou a reunião e pediu que concentrassem esforços na descoberta da fonte geradora. Como tinham ainda alguns minutos, começaram a bater papo em grupelhos de dois ou três que se alternavam e se misturavam, como se fossem várias emissoras de rádio ligadas ao mesmo tempo. Ernesto, que havia se aproximado de Diógenes, sentado ao lado de Borges, pediu que falasse sobre a teoria de seu bisavô, sobre o rio voador.

Diógenes ficou sem graça. Não lhe agradava recordar as histórias da família, principalmente as de seu bisavô, que vivera num mundo com água em abundância. Agora, cem anos depois, a água é escassa e os CPXs, que proliferam, são verdadeiros campos de concentração de violência, miséria e fome. Muitas pessoas acreditam que histórias como a de seu bisavô são lendas, além de serem perigosas e subversivas. Quem as conta pode acabar preso.

Diógenes, porém, acabou cedendo à insistência do amigo:

– Essa história do rio voador meu pai ouvia de meu bisavô. Naquela época tinham água em abundância. E, segundo meu bisavô, meu pai é quem conta, a umidade da floresta amazônica formava um canal aéreo que despencava aqui no Sudeste, Sul e no Centro-Oeste. Então, não faltava água.

– Mas a Floresta Amazônica ainda existe – interrompeu Borges –. Então como se explica nossa falta d'água?

– Não sabemos se ainda é floresta ou não, Borges – respondeu Ernesto, as fotografias mentem tanto quanto as palavras. Na mídia, as imagens são exuberantes, magníficas. Serão imagens reais? Verdadeiras? Desconhecemos a Amazônia. Quem vive lá? No que trabalham? A gente não sabe nada! Nada!

Borges deu um suspiro profundo, ajeitou-se no banco de madeira e, sem esconder a melancolia, denunciou:

– Sem contar que muitos presos, tanto os pobres quanto os divergentes, são punidos com o exílio amazônico.

Todos emudeceram.

Diógenes se inquietou no banco, consultou o relógio e resolveu quebrar o silêncio:

– Não sei se meu bisavô viveu nesse paraíso e se essa teoria do rio voador não é uma lenda. Hoje, a água é escassa, rara. Isso eu sei. Vivemos num deserto. Olha esse calor!

Diógenes chegou arrasado do trabalho. Era fim de tarde e não escondia seu grau de perturbação. Tirou a camiseta, a bermuda e, só de cueca, sentou-se na cadeira de praia, ajeitou-se embaixo do ventilador, pegou o pano na bancada, molhou-o na água suja e deslizou-o suavemente sobre o peito.

Laurinda apareceu um pouco mais zangada do que o habitual, deu-lhe um beijo protocolar e resmungou:

– Você ainda não conversou com o Luís. Por quê?

– Porque não tive tempo. Ontem não deu, saíram tarde daqui. O Luís já estava dormindo. Converso com ele hoje, ora! Qual o problema?

– Você sabe qual o problema. Ele recebeu uma notificação da escola. E é grave.

– Ah, Laurinda, por favor! Mais grave foi o que aconteceu. O muro do CPX, um deles, bem o que administro, foi explodido. Um grupo rebelde dissidente assumiu o atentado. Ninguém morreu. Queriam só destruir o muro. Escolheram data e hora certa para garantir que ninguém se machucasse.

– Então não temos com o que nos preocuparmos, Diógenes. Vai ser uma investigação de rotina.

– Rotina?! Você não sabe o que isso significa. Não teremos mais sossego. Vão vasculhar nossas vidas até a última geração. Vão descobrir que venho de uma família que há um século luta contra esse sistema.

– E daí? Não temos nada a esconder. E você não tem culpa de ter nascido numa família assim, meio esquisita.

– É, mas nesse país é crime. Tudo bem, crime leve. Daí a conectar nossos nomes às células de resistência é um passo. E você sabe o resultado: exílio amazônico, no melhor dos casos.

A preocupação de Laurinda perambulou ao longo do salão, enquanto se perguntava em voz baixa:

– O que será de Luís, nosso filho, pobrezinho? O que será dele?

Diógenes acompanhou a mulher com os olhos, levantou-se da cadeira, abraçou-a. Afastou-a um pouco, fixou seus olhos nos dela:

– Ele ficará bem. Vai para a Detenção de Menores, aprenderá a ser miliciano, mas sobreviverá. Enxugue as lágrimas, ele está chegando.

Laurinda se recompôs e sentou-se numa cadeira, perto de Diógenes. Esperou que ele se acomodasse, colocou a mão sobre o braço do companheiro e choramingou:

– Falei do perigo, te adverti. Você é teimoso e entrou para a célula. E agora? Corremos risco. Valeu a pena?

– Você sabe que sim. Borges teve sua teoria comprovada. Todos os agentes de segurança são hologramas, muitos deles violentos e assassinos, como os protetores, outros não, outros são burocratas, funcionários do poder. Precisamos descobrir onde é a fonte geradora e explodi-la. Esse sistema acaba, Laurinda. Seremos livres.

– É, e se não der certo, o Luís vira um miliciano no melhor das hipóteses. Destino de todo filho de família pervertida, como eles nos chamam.

Luís estava na escrivaninha, com o computador ligado. Tinha apenas uma hora, antes de o sistema sair do ar, para terminar seu trabalho escolar. Fora incumbido de estudar a pré-história do país, antes de 2019. A tarefa lhe parecia fácil até colocá-la em prática. Estranhou a semelhança entre os artigos encontrados. Pareciam ter sido escritos pelo mesmo autor e, com pouca variação, sempre os mesmos argumentos. Meia hora havia transcorrido e nada de encontrar as respostas de que precisava.

Diógenes apareceu no saguão. Luís não hesitou:

– Agora não, pai, por favor! Tenho pouco tempo antes de o sistema desligar.

– Relaxe. Só vim conversar. Depois – fez uma pausa – você está pesquisando o quê?

– A pré-história.

– Antes de 2019?!

– É. Claro.

Diógenes começou a rir. Luís, alternando o olhar entre o relógio e a tela, parou sua busca insana no computador:

– Tá rindo de quê?

– Você está perdendo tempo. As informações que você quer não estão aí. Estão nos livros.

– Mas, pai, livros são proibidos! Nem existem mais.

Diógenes aproximou-se do filho, apertou-lhe suavemente o ombro e, com um sorriso meigo, murmurou em voz baixa:

– Existem sim. Por isso são preservados no...

Sua voz foi interrompida por Laurinda, que lhe chamou a atenção:

– Ele não precisa saber. Pode parar.

Luís levantou-se da cadeira com os olhos arregalados, surpreso com a reação da mãe. O que o pai dele não podia falar? O que ele não poderia saber? Estariam lhe escondendo o quê?

Diógenes fixou-se em Laurinda e, com a voz firme, mas calma, alegou:

– Precisa saber sim. Tá na hora. Ano que vem faz catorze, será maior de idade. Pode ser responsabilizado por qualquer crime. Então tá na hora de ele saber que tudo vai mudar. Está na hora de ele ler os livros para entender por que vivemos nessa miséria infernal, controlados, barrados, açoitados a todo instante pelos protetores. Se eles identificarem qualquer alteração em nossos pulsos, já pressupõem que estamos com "pensamento negativo", ou seja, não podemos pensar diferente deles. Colocam-nos sob suspeita. Só nessa semana já me leram duas vezes. E você, Luís, quantas vezes essa semana?

– Ontem, na escola.

Diógenes se surpreendeu:

– E o que você fez? Perguntou se era "verdade esse bilete"?

– Ah, pai, não sou trouxa! Até porque o professor, todo dia, fala do que acontece com quem escreve ou fala essa frase. Só estava fugindo de meus amigos que queriam me zonear, e eu não estava a fim. Daí fugi.

Laurinda aproximou-se de Diógenes e lhe mostrou a notificação escolar, denunciando uma pulsação irregular, muito intensa, e que precisaria ser investigada. Poderia ser indício forte de "pensamento negativo". Diógenes, depois de ler atentamente, voltou-se para Luís com a voz elevada, agressiva:

– Luís, vamos conversar igual gente grande. O que aconteceu de verdade? Essa pulsação registrada é altíssima, só possível diante de situações beirando a um trauma. Foi isso que aconteceu? Você viveu uma situação dramática? Tentaram te matar, por exemplo?

– Não, pai. Nada disso. Só caí num fosso que me levou para o subterrâneo da escola. Por isso demorei para voltar e me pegaram no corredor, cabulando aula.

– Subterrâneo?! Como assim?

– Embaixo da terra. Quando eu caí no fosso, não era muito fundo não, parei num sistema de circulação de ar. Dava quase para andar, de tão alta que era aquela tubulação. Mais à frente tinha uma abertura e eu vi um sistema de máquinas eletrônicas gigantescas. Tinha um carinha que mexia, volta e meia, nos controles. Nas telas dava para ver o destino daqueles hologramas, que era o que aquela máquina fazia.

– Laurinda, faz aquela vodca caseira. Vamos comemorar. Nosso filho encontrou a chave.

Virando-se para o filho:

– Alguém te viu? – Existia uma certa preocupação na voz, mas a alegria pelo depoimento do filho era evidente e, para manifestá-la de forma clara e contundente, dirigiu-se à mulher:

– Nosso filho é um herói!

Abraçou o filho, beijou a mulher e saiu apressado, quase gritando:

– Prepare a vodca. Prepare a vodca.

Luís tentou interceptá-lo:

– Pai, o que eu preciso saber? Você não respondeu.

– Sua mãe responde.

Luís, inconformado, cobrou explicações da mãe, que acabou

cedendo. Ocultou, porém, serem integrantes de uma célula revolucionária. Concentrou-se na explicação sobre os livros e confessou que, sim, Diógenes tinha alguns da época ainda de seu bisavô mantidos em segredo. Livros como estes eram por demais perigosos.

Acossado pela curiosidade, pediu à mãe:

– Posso ler?

– Pode né, fazer o quê?! Seu pai já cantou a bola. Só não pode falar para ninguém que leu ou, pior ainda, dizer que tem livros. É a morte!

– É verdade esse bilete? – perguntou Luís à mãe, que se limitou a sorrir.

UMA AULA DE HISTÓRIA

Luís, enfadado com as explicações confusas do professor, levantou-se da carteira escolar, fez continência e pronunciou:

– Permissão para falar, senhor?

O professor consentiu. Luís baixou os braços, retesou o corpo. Trajava bermuda e camiseta verdes-oliva:

– Professor, não entendi direito o que é a Revolução Francesa. O senhor poderia me explicar?

O professor, atencioso e gentil, projetou o aplicativo na tela, que substituía os antigos quadros negros e ocupava toda a parede frontal da sala. Digitou Revolução Francesa e, num ápice, apareceu a explicação lida atentamente pelo professor:

– A Revolução Francesa foi um momento terrível na história

da humanidade. Influenciada pelas ideias de Karl Marx – interrompeu a leitura, dirigiu-se aos alunos e perguntou – Karl Marx, vocês lembram quem foi, né?!

Um aluno, também de bermuda e camisetas verdes-oliva, sentado no fundo, ergueu-se da carteira, fez continência e solicitou:

– Permissão para falar, senhor?

– Muito bem, Duda, explique-nos quem foi Karl Marx.

Duda esticou o peito para a frente, abaixou os braços e começou a falar num tom de garoto sabe-tudo:

– Quem inventou o comunismo, o globalismo, foi esse Karl Marx, um velho barbudo. E ele inventou a defesa do meio ambiente para impedir que as nações pobres se desenvolvessem. Era um escritor perigoso. Só escrevia barbaridades. Defendia que, no regime comunista, ninguém tinha liberdade, todo mundo era escravo do Estado. E foi o que aconteceu com muitos países. Em alguns chegaram a comer crianças que nasciam com defeito. Aqui, em nosso país, ele foi derrotado pelo Grande Mito. Vivemos tranquilos, somos livres e independentes.

Ao terminar de falar, voltou a fazer continência e sentou-se.

– Muito bem, Duda. Você aprendeu bem a lição. Agora – continuou e voltou a ler o texto projetado na tela –, naquela época, as pessoas viviam felizes sob o regime dos imperadores. Os comunistas, inconformados, começaram a propagar notícias falsas e convenceram os operários a derrubarem a Bastilha. Aí, sob a liderança comunista, decapitaram o rei e os nobres e assim aconteceu a Revolução Francesa.

Por muitos séculos dominaram o mundo, inclusive nosso

país. Para nossa sorte, nosso Presidente Perpétuo tomou o poder. Numa luta heroica, conseguiu eliminar todos esses comunistas, invadiu a Venezuela, outro país comunista, e, com o apoio dos Estados Unidos, acabou também com ele. Agora a Venezuela é parte de nosso território e todos vivem felizes sob o comando do Grande Mito, nosso Presidente Perpétuo.

Na frente da sala, um dos alunos levantou-se da carteira e fez continência. Antes que abrisse a boca, o professor o autorizou a falar. Deveria ter uns doze, treze anos:

– E hoje, professor, a Revolução Francesa acabou? E onde foi essa tal de Revolução?

– Boa pergunta, Carlos. A Revolução Francesa aconteceu lá na Europa, do outro lado do mundo. Ela acabou, mas as consequências dela foram terríveis. Lá, nunca conseguiram escapar da democracia. Dois grandes líderes tentaram – Hitler, na Alemanha, e Mussolini, na Itália –, mas esses países europeus, liderados pelos comunistas, produziram uma guerra que acabou derrotando-os. O resultado é que hoje a Europa é um horror, sem cultura, sem nada. Não tem nada que preste, por isso, nosso Presidente Perpétuo rompeu relações, de modo que nos isolamos do perigo de contágio comunista.

O sinal estridente do alarme tocou. Antes de permitir a saída dos alunos, o professor orientou-os:

– Semana que vem vamos comemorar os cem anos da vitória de nosso grande herói, nosso Presidente Perpétuo. Esse é o tema do trabalho que vocês enviarão para a Seção de Controle Acadêmico. Não mais que uma página sobre as principais conquistas de nosso país nesses últimos cem anos. As informações estão nos arquivos digitais do Estado. Um aviso: se alguém escrever "é verdade esse bilete" será penalizado e, vocês sabem, irá para os campos de trabalhos forçados na Amazônia. Portanto, não brinquem com coisa séria.

Ao terminar de falar, os alunos arrumaram o material escolar nas mochilas, levantaram-se de seus lugares, fizeram continência e assim se mantiveram até serem ordenados a sair. Enfileirados, marcharam em direção à porta. Luís estava atrasado. Derrubara seu estojo e só percebeu que os colegas já haviam saído quando guardou o último lápis. Sem graça e, sem tirar os olhos do professor, receando uma bronca qualquer, dirigiu-se à saída. As luzes piscaram, a tela do enorme monitor, que fazia as vezes de quadro negro, tornou-se um feixe descontínuo de luzes coloridas. O professor, emitindo os mesmos feixes de luz, acabou por desaparecer após alguns segundos de sinais instáveis.

Luís, a princípio, ficou surpreso, mas logo deu um sorriso. Sabia o que tinha acontecido.

Saiu dançando pelos corredores.

© 2023 Cesar Augusto de Carvalho.
Todos os direitos desta edição reservados à Laranja Original.

www.laranjaoriginal.com.br

Edição Filipe Moreau
Projeto gráfico e capa Marcelo Girard
Produção executiva Bruna Lima
Diagramação IMG3

Dados Internacionais de Catalogação na Publicação (CIP)
(Câmara Brasileira do Livro, SP, Brasil)

Carvalho, César Augusto de
    Lado B / César Augusto de Carvalho. – 1. ed. –
São Paulo : Laranja Original, 2023. –
(Coleção rosa manga)

ISBN 978-65-86042-82-5

1. Contos brasileiros I. Título. II. Série.

23-171860   CDD-B869.3

Índices para catálogo sistemático:

1. Contos : Literatura brasileira B869.3
Cibele Maria Dias - Bibliotecária - CRB-8/9427

Laranja Original Editora e Produtora Eireli
Rua Capote Valente, 1.198
05409-003 São Paulo SP
Tel. 11 3062-3040
contato@laranjaoriginal.com.br

Fontes Janson e Geometric *Papel* Pólen Bold 90 g/m² *Impressão* Psi7/Book7 *Tiragem* 200 exemplares